KB113854

완벽한 인생

방태산 장편 소설

FUSION FANTASTIC STORY

PERFECT
LIFE

완벽한 인생 5

방태산 장편 소설

초판 1쇄 찍은 날 § 2015년 7월 6일
초판 1쇄 펴낸 날 § 2015년 7월 13일

지은이 § 방태산
펴낸이 § 서경석

편집책임 § 한준만

펴낸곳 § 도서출판 청어람
등록번호 § 제387-1999-000006호
등록일자 § 1999. 5. 31
어람번호 § 제1-2167호

주소 § 경기도 부천시 원미구 부일로 483번길 40 서경B/D 3F (우) 420-822
전화 § 032-656-4452 팩스 § 032-656-4453
http://www.chungeoram.com
E-mail § chungeorambook@daum.net

© 방태산, 2014

ISBN 979-11-04-90302-1 04810
ISBN 979-11-316-9203-5 (세트)

완벽한 인생

방태산 장편 소설

FUSION FANTASTIC STORY

PERFECT
LIFE

완벽한
인생
PERFECT LIFE

CONTENTS

1장
올마이티 챌린지

천종설은 배양기를 열었다. 소형 냉장고를 닮은 배양기 안에는 네 개의 칸이 있었고, 각 칸에는 둥글고 납작한 용기인 유리 샬레가 여섯 개씩 들어 있었다.

샬레는 보통 세균을 배양하는 데 쓰이는 유리 용기다.

스물네 개의 샬레 중에 하나에 시선이 멈췄다. 다른 것과는 다르게 검은 것이 세차게 꿈틀거리는 샬레였다. 그것을 꺼내 외부의 공기와 차단시켜 주는 글러브 박스에 넣었다.

기계가 작동하며 박스 안의 공기를 정화하기 시작했다. 천종설은 그것을 착잡한 눈으로 바라보았다.

'이런 일을 하게 되다니.'

샬레 안에 꿈틀거리는 것은 고독(蠱毒)이다. 고독은 사람의 몸속에 기생시킬 수 있는, 만들어진 벌레다.

고독은 사람의 피를 먹여 키워낸다. 이때 피를 제공한 사람이 고독의 주인이 되며, 고독의 주인은 이것을 특정한 사람의 몸속에 기생시킨다.

그리고 그 사람이 말을 듣지 않으면 고독의 주인은 언제든지 고독을 발작시켜 고통을 주거나 죽일 수 있었다.

한마디로 원하는 사람을 마음대로 부리기 위해 이용하는 악독한 수법이었다.

고독을 만드는 방법은 대단히 어려웠다. 묘강의 만독곡(萬毒谷)에서도 철저하게 숨기며 직계에게만 전수되는 특수한 무공이 필요했다.

고독이 만들어지는 공간 안에는 시전자의 피 외에는 다른 이물질이 전혀 없어야 했다. 한마디로 무균실을 만들어야 한다.

중원에서 그런 환경을 만드는 것은 보통 어려운 일이 아니었다. 그렇기에 어쩌다 고독을 만드는 방법을 얻어도 그들의 특수한 무공이 없다면 조건을 맞추기가 거의 불가능했었다.

하지만 지금은 아니었다. 얼마든지 기계로 무균실을 만들 수 있었다.

온도와 습도를 일정하게 유지할 수 있는 배양기와 밀폐된 무균실까지. 고독의 제조자들이 비전처럼 전하는 독특한 무공은 필요가 없게 된 것이었다.

문제는 고독을 만드는데 쓰이는 고(蠱)의 포획이다.

묘강의 가장 깊숙한 곳에 만년독황지(萬年毒皇地)란 곳이 있다. 세상에 존재하는 거의 모든 독충이 모여드는 곳이다.

그곳에서는 이따금씩 기이한 일이 벌어진다. 평소에 각자의 영역을 지키던 독충들이 한데 뒤엉켜 서로가 서로를 잡아먹는 일이다.

그런 일이 벌어지면 하늘을 날던 새도 독에 중독되어 떨어질 정도다. 독공의 고수라고 해도 일정 거리 안으로 들어갔다간 한줌 핏물이 되어 죽고 만다.

오직 만독곡의 특수한 무공을 익힌 자만이 독충들의 사이로 들어갈 수 있다. 그리고 독충들이 싸우다가 모조리 죽고 나면 그 중앙에 좁쌀만 한 알 하나가 남게 된다.

그게 바로 고(蠱)의 알이다.

아무나 얻을 수 없는 알이기에 이해가 가지 않았다.

묘강이 있던 지역도 현재는 많은 개발이 이루어졌다. 거기에 아직까지 만년독황지가 남아 있을 거라는 생각은 들지 않았다.

그런 고의 알이, 이곳에는 수없이 많았다. 천종설이 지금까지 수많은 실패를 해왔어도 모자라지 않을 만큼 고의 알이 공급되었다.

"노인장. 이번에는 잘 좀 해봐."

비아냥거리는 목소리의 주인공은 묘라는 청년이다.

천종설은 묘를 노려보았다.

"눈 하나 정도는 없어도 지장 없겠지?"

생글거리며 하는 말은 눈 하나 정도는 뽑을 수도 있다는 말이다. 천종설은 인상을 찌푸리면서도 별다른 말없이 고개를 돌렸다.

"잘 생각했어. 나도 노인공경 정도는 하고 싶다고."

노인공경이 아니라 노인공격이겠지.

천종설은 묘가 처음 찾아왔던 그날이 떠올랐다.

약재는 직접 구해야죠. 안 그래요, 천기신녀 위극소 양반.

인터폰의 남자는 분명 그렇게 말했다. 천종설은 그 즉시 경공을 펼쳐 현관으로 향했다. 문을 열자마자 그는 정장 차림의 사내, 묘의 멱살을 틀어쥐었다.

"갈! 그게 무슨 소리냐!"

흥분한 그는 내공까지 끌어올린 상태였다. 그런데 묘의 옷은 틀어질지언정, 몸은 꿈쩍도 하지 않았다. 그저 비웃음이 가득한 눈초리로 천종설을 훑어보았다.

"많이 곪았네. 그래서야 닭 모가지라도……."

묘가 천종설의 손을 잡았다.

"비틀겠어?"

순간, 하늘과 땅이 빙글 돌았다. 내공까지 끌어올린 천종설이 손쉽게 뒤집어진 것이다.

"놈!"

천종설은 아예 쓰러지는 방향으로 재차 힘을 주었다. 급격하게 그의 몸이 회전하며 한 발로 땅을 찍었다. 그리곤 오른손을 쭉 뻗어 일장을 날렸다.

"이크~"

묘가 과장되게 소리를 치며 왼쪽 어깨를 뒤로 젖혀 피했다. 그와 동시에 오른발을 차올려 천종설의 가슴을 가격했다.

"컥!"

숨이 턱 막혔다. 충분히 진기를 돌려 몸을 보호하고 있는데도 고통이 심했다.

"노친네 기운이 팔팔 넘치네. 힘 좀 빼놓고 시작해야겠어?"

천종설의 어깨가 미세하게 떨렸다. 지금 생각해도 묘란 저 녀석은 애비애미도 없는 자식이 분명했다. 그렇지 않고서야 노인을 그토록 다져 놓지는 못할 테니까.

"이번에는 성공하겠지? 성공할 거야. 성공해야지. 노인장 부인한테 들어가는 약재가 무한정 나오는 건 아니거든."

천종설이 이를 갈았다.

그의 부인, 천마수라강시로 되살리려던 이여령은 현재 이들의 손에 있었다.

어떻게, 무슨 방법으로 약재에 손을 썼는지는 모르겠다. 이들로 인해 이여령은 깨어나지 못하고 계속해서 유리관 속에 잠들어 있었다.

이들이 요구한 것은 고독의 완성이다. 고독이 완성되기 전까지 이여령이 죽지 않도록 약재를 공급하고, 고독이 완성되면 그녀를 눈 뜨게 해주겠다고 했다.

그 말을 믿느냐고?

믿지 않고는 달리 방법이 없었다. 묘의 실력은 자신보다 압도적으로 강했고 그에게는 지켜야 할 부인이 있었다. 그리고 불가능한 일을 시킨 것도 아니고 여건만 되면 만들 수 있는 고독의 완성을 요구했었다.

그 정도면 들어줄 만했다. 시행착오야 있겠지만, 고독의 제조법은 확실하게 알고 있었다. 강시를 제조하면서 연구한 현대 약재의 배합법도 도움이 되었다.

'그녀만 깨어난다면.'

천마수라강시는 최강이다. 이여령이 무사히 눈을 뜨게 되면 이런 놈들쯤은 쉽게 제압이 가능할 거다.

그러기 위해서는 우선 고독을 완성해야 했다.

글러브 박스의 장갑에 손을 끼웠다. 조심스럽게 샬레의 뚜껑을 열었다. 검붉은 빛을 띠는 고독이 미친 듯이 꿈틀거렸다.

옆에 놓인 시약병의 뚜껑을 열었다. 안에는 누군지 알 수 없는 자의 피가 들어 있었다. 스포이드로 피를 빨아 고독의 위로 가져갔다. 고독의 몸부림이 더욱 거세어졌다.

똑, 한 방울이 고독의 몸 위로 떨어졌다. 피는 바닥으로 흐르지 않고 순식간에 고독에게 흡수되었다.

똑, 두 방울째. 고독의 몸부림이 현저히 적어졌다. 그리고 세 번째 핏방울을 떨어트리자, 몸부림이 우뚝 멈추었다.

'또다시 실패인가.'

이때까지의 고독과는 다르게 지금의 고독은 반응이 격렬했다. 그래서 기대를 했건만, 움직임이 멈추고 말았다.

"후우."

이렇게 되면 배양기에 들어 있는 다른 고독도 마찬가지일 것이다. 약간의 시간 차를 두고 배양 방식을 달리한 것들이기에 크게 차이는 없을 것 같았다.

거의 포기할 무렵, 전과는 다르다는 것을 깨달았다.

'녹아내리지 않아?'

실패했던 고독들은 그대로 한줌 독수로 녹아버렸다. 남겨진 독수는 약간만 들이마셔도 코끼리조차 죽게 만들 정도의 극독이 되었다.

해독 자체가 불가능하다 여겨질 정도의 맹독이 남았지만, 실패는 실패였다. 그 독마저 이놈들은 따로 모으는 것 같았지만……

어쨌거나 지금 글러브 박스 안의 고독은 녹지 않았다. 자세히 바라보니 숨을 쉬는 것처럼 아주 미세하게 몸이 부풀었다가 줄고, 줄었다가 부풀었다.

"어라? 성공한 거야?"

묘가 옆으로 다가와 흥미로운 눈으로 고독을 바라보았다.

천종설은 가타부타 대답하지 않고 고독에 시선을 고정했다. 얼마나 지났을까? 갑자기 고독이 몸을 둥그렇게 말았다.

"됐다."

됐다는 말에 반응이라도 하듯이 고독의 몸이 새하얗게 변하며 딱딱하게 굳었다.

"뭐야? 뭐가 됐다는 거야?"

묘가 인상을 썼다. 말라비틀어지는 것처럼 하얗게 변한 고독의 모습은 그대로 죽은 것으로 보였다.

"번데기다."

"번데기?"

고독을 만드는 과정에 분명히 나와 있었다.

응축된 독이 번데기를 거치면서 더욱 안으로 응축이 된다. 그로 인해 외부의 독이 사라지면서 하얗게 변하는 것이다.

"번데기면 또 얼마나 기다려야 하는 거야?"

묘가 짜증을 냈다. 보통 완전변태를 거치는 곤충들이 번데기가 되어 고치 상태가 되면 상당한 시간이 흘러야 성충으로 나타난다.

하지만 고독은 달랐다.

"바로다."

"뭐?"

딱딱하게 굳은 하얀 외피가 갈라지기 시작했다. 갈라진 틈으로 검은 독기가 스며 나왔다. 허공으로 흩어지려던 독기가 다시 안으로 쑥 빨려 들어간다.

"저게 고독이다."

평범한 성인 남자의 중지보다 약간 굵었던 외피가 부서지며 고독이 모습을 드러냈다. 크기는 오히려 작아졌다. 새끼손가락 마디 하나 정도의 크기였다.

"저런 게 사람 몸속에 들어간다고?"

묘가 기분 나쁘다는 표정을 사정없이 지어 보였다.

전지가위를 닮은 주둥이는 전체 몸길이의 반을 차지했다.

나머지 반은 잔털이 무수하게 돋아난 머리 부분과 가슴이 없는 배로 끝났다.

배는 징그러운 나방의 배처럼 생겼고 몸통보다 긴 여섯 개의 다리가 달려 있었다.

"…노인장. 포장 잘해야 해."

그분에게 가져가는 일은 자신의 임무였다. 저게 용기에서 튀어나와 몸에 붙는다면 무조건 죽여 버리고 말 것 같았다.

"겁쟁이로군."

"뭐라고?"

천종설이 아무렇지도 않게 글러브 박스를 열었다.

"노인장!"

묘가 기겁을 하며 뒤로 물러섰다. 그러거나 말거나 천종설은 손을 넣어 고독을 집었다.

완성된 고독은 길들여진 맹수와도 같다. 주인이 직접 명령하거나 위험한 자극만 주지 않으면 얌전한 맹수다.

천종설은 그걸 자그마한 병에 넣고 뚜껑을 닫았다. 그리곤 묘에게 휙 던졌다.

"이 미친!"

얼떨결에 받아든 묘가 욕설을 내뱉었다. 하마터면 주먹으로 쳐넬 뻔했다. 잔뜩 독이 오른 그가 천종설을 노려보았다. 그러나 이번에는 천종설 또한 눈을 피하지 않았다.

"약속을 지켜라."

어차피 궁지에 몰린 천종설이다. 비록 힘에 눌리고 부인 때문에 어쩌지 못하는 처지라도, 그들이 원하는 것은 해주었다.

그래서 당당하게 말할 수 있었다. 부인을 내놓으라고, 그녀를 깨우라고. 그렇지 않으면 가만히 있지 않겠다고.

금방이라도 폭발할 것 같던 묘의 표정이 서서히 풀렸다. 눈과 입꼬리가 휘며 웃음을 만들어냈다.

"좋아. 그분께선 약속을 지키시니까."

키득거리며 몸을 돌린 묘가 입구로 향했다. 연구실 입구에 다다른 그가 슬쩍 고개만 돌려 천종설을 바라보았다.

"오랜만에 부인과 회포를 풀려면 몸부터 챙겨야 할 거야."

"무슨 말이지?"

"글쎄."

묘는 대답대신 묘한 미소를 지어 보이며 연구실 밖으로 나가 버렸다.

* * *

드디어 올마이티 챌린지가 열렸다.

일반인들이 세계적인 스포츠스타인 강산과 대결할 수 있는 종합체육대회다.

화이트 프로모션에서 주최하고 대하그룹이 후원하는 챌린
지는 총 삼 일간 진행이 된다.

대회 1일째.

육상—400, 200, 100m, 10㎞ 단축마라톤.

대회 2일째.

수영—자유형 400, 200, 100m, 1.5㎞.

대회 3일째.

도심 장애물 달리기, 어반애슬론.

릴레이 복싱.

강산은 모든 대결에 연속으로 출전해야 한다. 한마디로 뒤
로 갈수록 그의 체력이 떨어질 거고, 그만큼 일반인들이 이길
수 있는 확률이 올라간다.

중간에 휴식이야 취하겠지만, 그 휴식도 팬들에게 사인을
해주거나 사진을 찍어준다. 그렇기에 일반인들이 도전해 볼
만한 대회였다.

그렇다면 앞의 경기에는 참가할 사람이 적을 수도 있다. 강
산이 지쳤을 뒤의 경기만 노려봄직하다.

하지만 상금이 달랐다.

첫 경기에서 강산을 이기면 상금이 10억이고 두 번째는 5억,

세 번째는 5천, 마지막은 2천만 원이다.

혹시? 운이 좋으면?

이런 생각을 하는 사람들도 꽤 되었기에 마지막 경기에만 몰리지는 않았다. 참가비도 1인당 1만 원이었고 자격 제한도 해당 시도의 주민이면 되었기에 신청자가 많았다.

해당 시도의 주민, 즉, 현재 선수로 뛰는 사람도 가능하다는 이야기였기에 지역 아마추어나 프로선수도 참여했다.

그리고 도심 장애물 달리기, 어반애슬론은 더욱 호응이 좋았다.

어반애슬론은 총 8㎞의 구간을 달린다. 이 구간 안에는 여러 가지 장애물이 존재한다.

바리케이트와 컨테이너를 뛰어넘고 복잡하게 얽힌 마인드 맵 사이를 뚫어야 한다. 가파른 계단과 평균대를 지나 타이어 무더기 위를 건너 포복으로 그물망을 지나면 모래 자루를 들고 달려야 한다.

성글짐과 비슷한 몽키 바는 팔의 힘만으로 통과해야 하고 동아줄 하나를 붙잡고 3m의 산을 넘어야 했다.

그 외에도 여러 장애물이 존재한다. 상황에 따라서 독특한 장애물이 설치되는 경우도 있다.

해외에서는 나름 유명한 경기였다. 많은 사람들이 즐겼고 규모도 대단했다. 국내에 이런 어반애슬론이 소개된 것은 그리 오래되지 않았다.

"어마어마하네."

지겸이 안내 자료를 보며 고개를 흔들었다.

일단 참가자가 많았다. 보통 4, 5천 명 정도 참가하던 기존의 대회와는 다르게 1만여 명이 참가를 신청했다. 어반애슬론 경기에 한해서 지역에 관계없이 참가가 가능했기 때문이다.

참가자 수가 많으면 문제가 발생한다. 장애물의 규모가 작으면 한 번에 진입할 수 있는 사람 수가 적어 차례를 기다려야 하는 문제다.

하지만 주최 측은 아주 간단하게 해결했다. 각 장애물의 크기를 키워 버린 것이다.

"진짜 크게 만들었다. 한 번에 백 명 정도는 우습게 감당하겠는데?"

이서경이 미소를 지었다.

"사람이 많으니까."

"대하그룹이 돈이 많긴 하구나."

"어차피 그냥 쓰는 것도 아니고 투자야, 투자. 지역 경제에도 이바지하고 기업 이미지도 높일 수 있지. 광고 효과도 톡톡히 보고 있고."

챌린지에 소모되는 모든 물품에 대하그룹 로고가 박혀있

었다. 어반애슬론의 원조라 할 수 있는 미국보다도 규모가 크다는 소식에 해외 언론사도 찾아온 참이었다. 당연히 광고 효과도 큰 편이었다.

"그나저나 진짜 강산이 전부 휩쓸어 버리면 다음 대회부터 참가자가 확 줄어버리는 거 아냐?"

"그럴 일은 없어. 적당히 하기로 했으니까."

"그 지기 싫어하는 놈이?"

"…약속은 했으니까."

"져 주겠다고 한 거야?"

져 주겠다고는 안 했다. 적당히 하라니까 그러마라고 했을 뿐이다.

"설마……."

서경의 얼굴에 먹구름이 드리워졌다.

올마이티 챌린지는 그저 하나의 행사다. 강산의 압도적인 능력을 선보이는 것이 아닌, 강산으로 인해 이런 일도 한다는 것을 내외적으로 보여주는 홍보 행사.

올마이티 챌린지의 예선은 장장 일주일이나 치러졌다. 일반인과 선수로 나눠진 예선에서 각 10명, 총 20명의 참가자가 본선에 올라왔다.

강산은 각 경기마다 두 번의 승부를 치른다. 선수와 일반인을 상대로 경기를 하는 것이다.

상식적으로 생각하자면 말도 안 되는 일이었다. 아무리 뛰어난 체력을 지녔어도 하루에 그 많은 경기를 할 수 있다고는 아무도 생각하지 않았었다.

물론, 강산은 가능하다. 3일째까지 전부 그가 우승할 능력은 차고도 넘쳤다.

그러나 그렇게 된다면 사람들은 놀라움을 넘어 경악과 불신을 하게 된다. 그저 뛰어난 사람이라고 생각할 수도 있겠지만, 의심을 하는 사람이 더 많아질 가능성이 높았다.

조작이라느니, 다 짜고 치는 고스톱이라느니, 그런 말들을 비롯해 인간이 아니란 소리까지 나올 수도 있다.

선망이 아닌 의심을 받게 되는 거였다.

"아니야. 강산이 어린애도 아니고."

"승부가 걸린 일이라고."

승부. 이기고 지는 것. 강산은 지금까지 1등을 놓치지 않았다. 경기에서도 져주는 법이 없었다.

이서경이 안절부절못했다. 다시 연락해서 져주라고 말해야 할까?

지겸의 손이 자연스럽게 그녀의 어깨에 올라갔다.

"강산이 어떻게 하든 솔직히 상관은 없잖아?"

"뭐?"

지겸의 소매에서 조그마한 벌레가 기어 나왔다. 벌레는 서경의 어깨를 지나 목덜미를 타고 올라갔다. 그와 동시에 지겸의 손이 서경의 어깨를 강하게 잡았다.

"손 떼."

이서경이 인상을 찌푸렸다. 지겸은 아랑곳하지 않고 미소를 지은 채로 자신의 할 말만 했다.

"이제 와서 손을 뗄 수는 없어. 난 강산이 하고 싶은 대로 했으면 하거든."

"그게 무슨…!"

뭔가가 귓속을 파고드는 느낌에 서경의 몸이 반응하려는 찰나, 지겸의 손이 더 빨랐다.

"뭐하는 거야!"

몸이 뻣뻣하게 굳었다. 점혈을 당한 것이다.

"너야말로 뭘 하는 건지 모르겠어."

"윽!"

누군가 머리에 손을 넣어 휘젓는 것만 같았다. 엄청난 고통에 이서경조차도 정신을 차릴 수가 없었다.

"여긴 중원이 아니야. 독행마 진천은 없어."

이서경이 눈을 부릅떴다. 거기에는 흰자위만 남아 있었다.

"천하제일? 지금이라면 나도 될 수 있어. 그러니까."

이제는 날 보라고.

백화옥녀 유설.

그녀는 강호무림에서도 독보적인 존재였다.

절정의 무공 실력에 학문마저도 뛰어났다. 언행 하나, 행동 하나에도 기품이 흘러나왔다. 거기에 아름다운 외모까지 더해지니, 천하제일미라 불려도 모자람이 없었다.

독행마에게 접근하라는 명을 받았었다. 그보다 먼저 접근한 간자와 협력하라는 지시였다.

그 간자가 백화옥녀일 줄은 꿈에도 생각지 못했었다.

듣던 대로 그녀는 아름다웠다. 기품이 있었고 사랑스러웠으며 귀엽고 현명했다. 남자라면 누구라도 반하지 않고는 못 배길 여인이었다.

그런 여인을 독행마는 몸종 부리듯이 대했다. 허드렛일을 시키고 노예에 대하듯이 대했다. 밤시중을 들게 하지 않는 것이 신기할 지경이었다.

백화옥녀 유설은 진천이 무슨 일을 시켜도 군말 없이 따랐다. 시키지 않아도 알아서 준비를 했다.

30년.

자그마치 30년을 그 꼴을 보며 참고, 그의 친우 행세를 했다. 언젠가 임무를 완수할 그날을 기다리며 인내하고 또 인내

했다.

그녀가 진심으로 진천을 사랑하게 되었다는 것을 알았을 때, 이미 그도 그녀를 깊이 사랑하게 되고 말았었다. 임무마저 뒤로하고 그녀의 뜻대로 진천을 지킬 정도로 그 또한 유설을 진심으로 사랑하게 된 것이었다.

"정말 이렇게까지 하고 싶지는 않았었는데."

지겸은 죽은 듯이 누워 있는 이서경의 볼을 쓰다듬었다.

"당신이라면 막아설 게 분명해서 말이야."

강산이 어떠한 선택을 하고, 어떠한 행동을 하더라도 그녀라면 끝까지 따를 것이었다. 그리고 그를 노리는 자는, 그게 설사 친우라 해도 검을 뽑아들 여인이었다.

사랑? 소유욕?

아니다. 단순히 그녀를 갖기 위해 고독을 쓴 게 아니다.

그녀를 살리려 함이다. 강산을 위해 목숨마저 던질 그녀의 어리석은 행동을 저지하기 위한, 어쩔 수 없는 선택이다.

"마두는 마두일 뿐이야. 지금은 저렇게 얌전하게 있지만, 글쎄. 언제까지 그럴까? 당신은 지켜보기만 해. 내가 그의 본성을 보여주겠어. 그리고 내가, 그를 막겠어."

그때가 되면 그녀도 깨닫게 될 것이다. 마두보다 자신이, 소림사의 진전을 이은 자신이 천하제일에 더욱 어울린다는 것을.

"당신은 내 곁에서 마음 편히 기다리면 돼. 그러다 보면 그를 사랑했듯이 날 사랑하게 될 거야."

이번 삶에서는 그녀를 빼앗기지 않을 거다. 절대로.

*　　　*　　　*

"강산 선수. 같이 사진 좀 찍어줘요."

"실제로 보니까 더 멋지시네. 이 근육 좀 봐."

경기 시작 전, 강산이 나타나자 사람들이 몰려들었다. 정식 포토타임과 사인회도 따로 준비되어 있었지만, 함께 경기를 치르는 것을 기념하기 위함이었다.

"강산 씨. 너무 무리하는 거 아닙니까? 그러다 몸 상하면 어쩌려고요."

"괜찮아요. 무리가 가지 않는 선에서 적당히 할 생각입니다."

"그래요? 그럼 제발 적당히 해주세요. 나도 로또 당첨 좀 해보게."

강산은 여유 있게 참가자들과 농을 주고받았다. 참가한 사람 대다수가 그의 팬이었다. 그건 일반인 참가자만이 아니라, 선수 출신 참가자들도 마찬가지였다.

"선배님. 대체 훈련을 어떻게 하시는 거예요? 전 단거리 하나만 해도 벅차던데요."

"훈련도 열심히 하지. 그래도 따지면 타고나서 그런 거 같아."

무공 때문이라고 할 수는 없었다. 솔직히 타고났다는 말도 크게 틀린 말은 아니고. 태어날 때부터 무공을 알고 있었다. 타고난 건 타고난 거다.

"곧 있으면 시작합니다. 모두 트랙에 서주세요."

진행요원의 안내에 따라 트랙으로 향했다. 참가자들은 흥분된 얼굴로 자리를 찾아 섰다.

첫 경기는 선수 출신들이다. 대게 강산과 함께 달린다는 것만으로도 영광으로 생각하는 사람이 많았다.

'전부 이기면 안 되겠지?'

딱히 져주라는 이야기는 듣지 못했다. 그래도 이서경이 적당히 하라고 했으니 그렇게 할 생각이다.

순수하게 육체의 힘만으로 움직이면 200m 경기부터는 살짝 지칠지도 모르겠다. 지치지 않았더라도 지친 척까지 할 생각이다.

어머니와 게임을 하면서 일부러 져주기도 했다. 이제는 딱히 무조건 이기겠단 생각은 들지 않았다.

'대충하자, 대충.'

대충 해야 사람들이 이상하게 보지 않을 거다.

타앙—!

그리고 첫 경기, 강산은 육체의 힘만으로 전력질주를 시작했다.

이틀째 일정까지 강산은 10억과 5억이 걸린 것만 우승을 챙겼다. 그 중에 선수부와 일반부에 한 경기씩은 양보해 주며 나름대로 양심적(?)인 승부를 했다.

1등부터 3등까지 상금을 받는다. 강산이 1등을 한다고 해서 다른 사람들에게 나쁜 것은 아니었다.

그리고 마지막 3일째, 어반애슬론을 위해 수많은 사람들과 함께 출발을 준비 중이었다.

'이건 꽤 재밌겠어.'

다른 어반애슬론 대회와는 달랐다. 기본적인 장애물 코스와 함께 도심을 가로지르는 코스가 준비되어 있었다.

도심 곳곳에는 물대포가 설치되었다. 공도 쏘고 그물망도 던져진다. 자칫 운이 나쁘면 그런 장애물에 당해 시간을 지체하게 되고 우승과는 거리가 생기는 것이다.

그렇기에 사람들은 희망을 가졌다. 강산이 돌발적인 장애물에 걸리면 우승 확률이 올라가기 때문이다.

"강산 씨. 힘들면 천천히 뛰세요. 이틀 간 고생하셨잖아요."

"맞습니다. 제가 우승하면 저도 반은 기부하죠. 그러니까 천천히, 그물에도 걸려보시고 물대포로 시원하게 땀도 식히시고 그러세요."

"생각해 보죠."

가벼운 대화를 나누며 신호를 기다렸다. 사람들은 저마다 옆 사람과 수다를 떨며 준비를 했다. 그러면서도 긴장이 역력한 모습이다.

엄청난 상금이 걸린 경기다. 더구나 어반애슬론은 한 번쯤 해볼 만한 경기였다. 웃으면서 나누는 대화 속에 눈빛만은 날카롭게들 빛내고 있었다.

타앙—

총소리가 울리고 사람들이 일제히 내달리기 시작했다.

"비켜!"

"우아아아아!"

돈이 뭔지 사람들은 치열하게 달렸다.

참가자가 많은 만큼 안전요원의 수도 상당했다. 그들은 혹시라도 생길지 모르는 불미스런 사고에 대비해 눈을 부릅뜨고 경기를 주시했다.

"아악!"

누군가 평형대 위에서 떨어졌다. 뒤따르던 사람이 밀친 것이었다.

"거기! 132번 선수! 반칙입니다! 밖으로 나오세요!"

진행요원들은 매의 눈으로 반칙자들을 호명했다. 일단 호명이 된 사람들은 결승선을 통과해도 무효 처리가 된다.

사전에 철저하게 규칙을 설명하고 불미스런 일에 대해서는 법적 대응을 하겠다고 고지했지만, 물을 흐리는 사람은 꼭 존재하게 마련이었다.

그래서 진행요원 중에는 설영칠객도 포함되어 있었다.

'고생들 하는군.'

있으면 써먹는다. 일반사람보다 시야가 넓고 감각이 예리한 고수들을 이용하면 만약의 사태에도 대응하기가 쉬웠다.

몇 번의 부정행위 외에는 대다수 각자 열심히 달리고 있었다. 아예 경기 자체만 즐기기로 한 사람들도 많아보였다. 어차피 참여하는 데 의의를 둔 사람들이었다.

초반 장애물 지역을 지나 도심지역에 도착했다. 강산은 가장 선두그룹에서 천천히 달렸다.

'흐음.'

갑자기 강산이 인상을 찌푸리며 걸음을 천천히 했다.

'이건 또 뭐야?'

그의 감각에 이질적인 것들이 걸렸다.

'하나, 둘, 셋…….'

수가 상당했다. 이대로라면 사람들이 위험했다.

[강시다. 뛰어라.]

강산의 전음이 설영칠객에게로 향했다.

대회는 아수라장이 되었다. 도심 곳곳에 숨어 있던 강시의 수는 100여 개체 정도였다. 그것들이 일제히 사람들을 공격하기 시작했다.

"아악!"

"사람 살려!"

묘는 빌딩 위에 서서 그 광경을 쳐다보고 있었다. 사람들이 당하는 모습을 감상하는 것이었다.

"좋아. 바로 이거지."

뛰어난 무공을 익힌 그에게 세상은 너무나도 무료했다. 무공을 함부로 쓸 수도 없고 자신을 드러낼 수도 없다. 고생한 보람도 없이 음지에서, 그늘에서만 생활해야 했다.

그것이 언제나 불만이었다.

마음만 먹으면 무엇이든 가질 수 있다. 돈을 가지자면 은행이나 현금수송차량을 털면 된다. 사업을 하다가 방해물이 생기면 치우는 것도 쉽다.

법에서 따지는 증거? 알리바이?

경공을 펼쳐 동에 번쩍, 서에 번쩍하면 알리바이 만드는 것쯤이야 식은 죽 먹기다. CCTV 피하는 것도 어렵지 않다.

무소불위의 힘이었다. 이런 힘을 가지고 조용히 살아야 한다는 것이 싫었다.

"하지만 이제는 아니지."

오늘을 기점으로 세상은 무인의 존재를 알 것이다. 그리고 세상은 무인 앞에 무릎을 꿇게 될 것이다.

묘의 눈에 사람들 사이를 빠르게 파고드는 자들이 보였다. 자신과 같은 무인들, 설영칠객이란 자들이다.

"유명해져라. 아주 많이."

이곳의 상황은 전부 녹화되고 있었다. 건물 곳곳에 설치된 카메라가 사각지대 없이 촬영 중이었다. 모든 상황이 종료되면 카메라에 찍힌 영상이 전 세계로 퍼져 나가게 될 것이었다.

"그리고 넌."

묘는 강산을 노려보았다.

"좀 날뛰라고."

콰앙!

그의 말이 끝나기 무섭게 건물의 벽을 뚫고 강시 하나가 튀어나왔다. 강시는 뒤엉킨 사람과 다른 강시를 무시하고 강산을 향해 일직선으로 짓쳐 들었다.

방심이라면 방심이다.

이곳은 무림이 아니니까, 강시는 대량으로 만들어 낼 수 없을 테니까, 중원보다 뛰어난 치안 아래에서는 불가능한 일이니까, 라는 안일한 생각이었다.

'상대는 천기신뇌야. 하자고 들면 못 할 것도 없었어.'

한 해 실종자 수가 10만 명이란 통계가 있다. 그중에 1퍼센트만 해도 1천 명이다. 이곳에 나타난 100여 개의 강시는 그리 놀랄 만한 일도 아니다.

하지만 의문이다. 이런 짓을 해서 녀석이 무엇을 얻을 수 있단 걸까?

체제 전복? 전쟁? 아무런 목적 없는 혼란?

'아니면 나에 대한 도발이던가.'

강산의 입꼬리가 비틀렸다. 저 앞에, 건물의 벽 안에서 다른 녀석들과는 차원이 다른 존재가 있다. 녀석은 노골적으로 강산에게 살기를 집중했다.

그가 설영칠객만 움직이게 놔둔 이유가 이것이었다.

"사, 살려……!"

쓰러진 남자가 다가오는 강시를 보며 꼼짝도 못 했다. 피투성이의 끔찍한 모습에 겁에 질린 것이다.

"크흐으."

강시가 괴성을 흘리며 다가갔다. 남자는 덜덜 떨리는 팔다리로 겨우겨우 뒤로 물러섰다.

"흐, 으아아악!"

남자가 최후의 비명을 질렀다.

퍼억!

그리고 강시의 머리가 잘 익은 수박처럼 터져 나갔다. 강시의 몸이 기울어지며 쓰러진 남자 위에 포개어졌다. 오줌까지 지리며 기절을 한 남자는 강시의 뒤에 서 있는 강산을 보지 못했다.

콰앙!

강산이 움직일 때를 기다렸던 것일까? 벽을 뚫고 그것이 뛰쳐나왔다.

"제법 빠르다만."

상당한 거리가 한 호흡에 사라졌다. 녀석이 눈앞에 들이닥쳤다. 날카로운 검날이 강산의 머리 위에 떨어졌다.

"영혼 없는 공격이야."

그저 단순한 베기에 당할 그가 아니었다. 강산의 몸이 깃털처럼 옆으로 이동해 검을 피해냈다.

평범한 인간이라면 할 수 없는 동작이 연이어 일어났다. 검의 궤적이 직각으로 꺾이며 강산의 허리를 노리고 따라왔다.

"그래봤자."

강산은 한 발 앞으로 나서며 오른손으로 놈의 손목을 잡고 힘을 뒤로 흘렸다. 그것으로 그치지 않고 반 바퀴 회전하며 뒤로 던져 버렸다.

"힘만 센 어린아이일 뿐이고."

넉 냥의 힘으로 천근의 힘을 발휘하는 사량발천근(四兩發千斤)의 묘리가 담긴 한 수다.

그저 내공만 강하다고 해서 고수라 불릴 수는 없다. 무공의 묘리를 알고, 지금처럼 제대로 펼쳐야 진정한 고수라 할 수 있다.

한지겸이 강산을 쉽게 보지 않는 이유가 바로 이러한 연유였다.

내공이 얕을 뿐, 강산의 본신 무공수위는 탈마의 경지다. 초식의 운용이나 깊이를 비롯해, 같은 내공이라도 사용효율 자체가 다른 것이다.

쾅!

강산을 습격했던 존재는 벽을 부수며 처박혔다.

"강시는 강시인데."

보통 강시가 아니었다. 가까이서 부딪혀 보니 더욱 확실했다.

"저런 걸 만들었단 말이지."

먼지를 뚫고 강시가 천천히 걸어 나왔다.

검을 입에 물더니 두 손으로 산발이 된 머리카락을 틀어 올린다. 품에서 비녀를 꺼내 올린 머리카락을 고정시켰다.

이여령.

천마수라강시가 된 그녀였다.

"낯이 익어."

강산은 그녀가 천마수라강시란 건 모른다. 하지만 눈앞의
여자를 어디선가 본 기억은 있었다.

"그렇군."

천종설의 집에 있던 그림들.

소녀의 모습부터 노부인의 모습까지 걸려 있던 그림 속의
인물이었다.

"미친놈."

대충 감이 왔다. 천종설이 강시에 손을 댄 이유, 그건 눈앞
의 여인을 위해서였다.

"소중한 사람을 강시로 만들다니. 미쳐도 단단히 미쳤어."

이여령이 입에 물었던 검을 오른손에 쥐었다.

"당신은 그를 욕할 자격이 없어요."

"……!"

강산의 눈이 커졌다.

"당신 때문에 그이는 해선 안 될 일을 하고 말았어요. 당신
만 없었다면 우리가 이렇게까지 되진 않았을 겁니다."

"강시가 말을 해?"

"전 강시가 아닙니다."

이여령이 검을 똑바로 들어 강산을 겨누었다.

"이여령이라고 해요. 천기신뇌 위극소란 분은 제 부군이시죠. 그리고."

갑자기 그녀의 모습이 사라졌다.

"전 당신의 목숨을 취할 사신(死神)이기도 합니다."

그녀의 목소리가 위에서 들렸다. 고개를 들자 머리 위에서 떨어져 내리는 검이 보였다.

코앞을 스치고 지나가는 검날, 강산은 우선 거리를 벌리며 지공을 날렸다.

퍽, 퍽, 강력한 지공이 그녀의 혈도를 가격했다. 그러나 살짝 몸이 흔들리기만 할 뿐, 이여령은 아랑곳하지 않고 재차 강산을 향해 검을 휘둘렀다.

"소용없습니다."

"혹시나 싶어서."

사악, 검이 강산의 머리카락 몇 가닥을 베고 지나갔다.

"이건 어때?"

강산의 손바닥이 이여령의 복부에 닿았다.

투웅!

겉은 두고 속을 파괴하는 내가중수법(內家重手法)을 사용한 것이다. 평범한 사람이라면 오장육부가 파괴되며 절명할 정도의 내력을 실었다.

"조금."

이여령이 인상을 찌푸리며 재차 검을 휘둘렀다.

"기분이 나쁘군요."

강산의 몸이 뒤로 쭉 물러났다. 그녀 또한 단숨에 따라붙으며 검을 찔러왔다. 강산의 손가락이 이여령의 머리를 가리켰다.

퍼억!

앞서 강시의 머리를 수박처럼 터뜨린 공격이다. 이여령의 고개가 뒤로 휙 젖혀졌다.

"머리도 단단하네."

강산이 능글맞게 웃었다.

"당신, 감히."

"강시가 감히 말하는 것보단 낫지."

"강시가 아니라고 했어요!"

아까까지와는 다르게 그녀의 검이 막무가내로 휘둘러져 온다. 하지만 그런 검에 맞아줄 강산이 아니다. 아무리 검이 빨라도 모든 투로를 읽고 예측하는 그에게는 소용없었다.

"강시가 아니라고?"

이번에는 강산의 모습이 사라졌다. 당황한 이여령이 사방을 둘러보지만 어디에도 강산은 보이지 않았다.

"도망을 치다니……."

"설마."

갑자기 들려온 목소리에 그녀의 고개가 돌아갔다. 그리고 처음보다 더욱 빠르게 돌아오며 바닥을 뒹굴었다.

이여령이 다급하게 바닥을 박차며 몸을 일으켰다.

"이것 좀 구하느라."

강산이 옆구리에 끼고 있는 것이 보였다. 그녀의 얼굴을 거세게 후려친 것은 바로 H빔이었다. 근처 건물의 구조물인 강철 H빔을 챙겨오느라 자리를 비운 것이었다.

"봐봐. 이 무식한 걸로 맞았는데도 멀쩡하네. 사람이면 죽었을 충격인데 말이야."

"그건 제가 강해서지요."

"아냐. 너 고통도 못 느꼈잖아?"

이여령의 입이 다물어졌다.

확실히 아픔이 느껴지지 않았다. 그저 맞았고 밀렸으며 뒹굴었을 뿐이다.

"강시니까 고통을 모르는 거야. 그렇지?"

"끈질기군요. 강시와 저는 달라요."

"다른 강시와는 다르지만 고통을 느끼는 인간과도 다르지."

"그러는 당신은!"

"난 어머니한테 꼬집히는 게 제일 아파."

어머니의 꼬집기 신공은 암경처럼 기척도 없이 다가와 살을 비틀고 사라진다. 그 고통은 당해본 사람만이 안다.

"좋아요. 마음대로 생각하세요. 사실 별로 중요하지도 않아요. 당신은 제 손에 죽을 테니까."

강산이 웃었다.

"나한텐 중요해."

중요하다. 그녀가 스스로를 인간이 아닌, 시체라 생각해야 하는 이유.

"무공을 모르는 평범한 사람을 패는 취미는 없거든."

이여령은 무공을 모른다. 그녀는 평범한 여자였다. 검을 휘두르는 것만 보아도 알 수 있는 사실이다. 그러니 최소한의 양심적 도피는 하고 싶었다.

다른 강시처럼 이지를 상실하고 본능과 명령에만 따랐다면 벌써 곤죽을 만들어놨을 거다.

이런 식의 자기합리화도 인간적인 면이 아닐까?

조금 더 사람이고 싶다. 감정과 본능에도 이따금씩 흔들리는 인간다움을 간직하고 싶다.

"그러니까 지금부터 난."

H빔을 휘감은 팔에 힘이 들어갔다.

콰앙!

미처 반응하기도 전에 H빔이 이여령을 강타했다. 속절없이 날아가 또 다른 건물을 부수고 처박혔다.

"노부인이 아니라 강시를 패는 거다."

강산이 곧장 이여령의 뒤를 쫓았다.

"남은 강시는?"

"더 이상 없습니다."

진서형의 몰골은 말이 아니었다. 여기저기 찢겨진 옷은 검붉은 피로 도배가 되어 있었다. 그건 다른 6명의 설영칠객도 마찬가지였다.

물론 피는 강시의 피다. 평범한 강시에게 당할 정도로 설영칠객이 무르지는 않았다.

콰자작!

요란한 소리와 함께 건물의 창문을 깨고 사람이 떨어져 내린다. 강산이 상대하고 있는 이여령이었다.

"돕지 않아도 됩니까?"

강시를 정리하는 와중에 강산의 지시가 한 번 더 있었다. 아무도 접근 못 하게 하라는 지시였다.

"됐다. 우리는 지시대로 한다. 각자 흩어져서 다친 사람들을 수습하고 사람들을 접근하지 못하게 해."

"네."

설영칠객이 사방으로 흩어지자 진서형의 시선이 한창 격전을 벌이고 있는 강산과 이여령에게로 향했다.

여성으로 보이는 강시는 대단했다. 빠르게 움직이면 진서형조차 놓칠 정도다. 휘두르는 검의 궤적은 아예 눈으로 쫓을 수도 없다.

'괴물이야.'

하지만 그런 강시를 강산은 일방적으로 두들기고 있었다. 커다란 강철 H빔을 휘두르며 무식하게 다지고 있었다.

'그나저나 주군은 왜 연락이 되지 않지?'

상황을 알리고 현장 수습을 하기 위해 이서경에게 연락을 취했다. 휴대폰과 사무실로 계속해서 전화를 했지만 받지 않았다.

어쩔 수 없이 정경배 본부장에게 연락을 했다. 설영칠객이 할 수 없는 일들을 해줄 사람이 필요했기 때문이다.

아마 지금쯤 정경배가 여기저기 연락을 취하고 수습 중일 거다. 그러니 현장은 더 이상 걱정하지 않아도 됐다.

'가봐야겠어.'

진서형은 이서경이 있을 사무실로 방향을 정했다. 이곳에서 그리 멀지 않은 곳이다. 경공을 펼치면 5분 안에 도착할 거리다.

땅을 박찼다. 순식간에 대회장을 벗어나 산길로 접어들었다. 산을 넘어서 가는 것이 최단 거리였다.

"어딜 가?"

"컥!"

나른한 여성의 목소리와 함께 등허리에 충격이 가해졌다. 진서형의 몸이 형편없이 구르며 나무둥치에 부딪혔다.

"근무지 이탈이야, 그거."

딱, 딱.

요란하게 껌을 씹는 소리, 강산보다 앞서 연구소를 정리했던 수라는 여인이었다.

2장
탈의

강산은 H빔을 바닥에 던졌다. 빔은 우그러지고 휘어 엉망이 된 상태였다.

'생강시인가.'

강시 중에서도 최악이 산 사람으로 만드는 생강시다.

생강시로 만들어지는 사람이 고수일수록 그 위력이 뛰어나게 마련이다. 하지만 고수 중에 강시가 되고 싶은 사람은 없다. 그래서 생강시는 대게 억지로 만들어지는 경우가 많다.

그래서 최악이다. 원치 않는 사람을 강제로 강시로 만들어 부려먹는 것이니.

이여령이 천천히 몸을 일으켰다.

이미 검은 반 토막이 났고 입고 있던 옷 또한 엉망이 되었다. 그런데도 그녀의 눈은 빛나고 있었다. 억지로 강시가 된 자의 눈이 아니었다.

'무공도 익히지 않았어. 그런데 저렇게 단단할 수 있나?'

고수로 만들어진 생강시는 검강으로도 상처를 입히기 힘들다. 금강불괴에 준하는 신체에 고수의 무공까지 더해지기 때문이다.

하지만 이여령에게 무공을 익힌 흔적은 없었다. 자세나 움직임만을 보자면 호신술 정도만 익힌 평범한 여인이다.

"하앗!"

이여령이 부러진 검으로 찔러왔다. 강산은 가볍게 피하며 그녀의 복부를 발로 차올렸다.

퍼억!

높이 떠오른 그녀는 어찌할 바를 모르며 버둥거렸다. 고수라면 허공에서도 자세를 잡고 반격을 노린다. 이여령은 전혀 그런 기미가 보이지 않았다.

강시다. 그 사실만 생각하고 손을 쓰면 된다. 마음에 걸릴 것은 전혀 없다. 그런데 이성이 아니라고 말한다. 함부로 손을 쓰면 안 된다고 속삭인다.

'반대로군.'

이성은 냉정하게 처리하자고 하고, 마음은 봐줘야 한다고
말해야 정상이다. 강산은 오히려 이성이 봐줘야 한다고 말하
는 꼴이다.

그래야 인간다운 거라고 말이다.

강산은 뒤로 물러났다. 이여령은 똑바로 서지 못하고 바닥
에 추락했다.

쿵, 육중한 소리를 내며 떨어진 그녀가 잠시간 꼼짝하지 않
았다. 고통은 없어도 충격에 의해 몸이 움직이지 않은 것이
다.

"정말 피곤해."

강산은 고개를 들어 하늘을 바라보았다. 사람들에게 무슨
일이 벌어져도 하늘은 무심하게 그곳에 존재하고 있다. 선한
사람이 죽임을 당해도, 악인이 보란 듯이 잘 살아도 하늘은
항상 그대로다.

저 무심함이 싫었다. 무위자연이라며 순리대로 살라는 말
도 싫었다.

자신이 천마신교에 잡혀간 것이 순리인가?

친구를 죽이고 살아남아야 인정받는 것이 순리인가?

그들의 뜻대로 살인귀가 되는 것이 순리였단 말인가?

처절하게 배웠다. 처절하게 익혔다. 잠을 자면서도 끊임없
이 무공을 생각했다.

누구보다 강해져야 했다. 그래야 순리를 끊고 하늘의 무심함을 비웃어 줄 수 있다.

'그랬는데 말이야.'

정상에 올라서니 순리가 따라왔다. 하늘이 그의 어깨 위에 내려앉았다.

산은 산이요, 물은 물이로다.

거기 있는 그 모습 그대로. 좋지도, 싫지도 않았다. 그의 눈에는 다 같아 보였다.

마지막에 정사마가 아귀처럼 달려올 때도, 직염이 목숨을 걸고 그들을 막으러 나갈 때도, 마지막 숨을 몰아쉬는 자신을 업고 희망 없는 탈주를 하던 유설을 볼 때도.

그저 다 같은 사람, 그렇게 흐르는가 싶었을 뿐이다.

그들의 삶을 보며 어떠한 감정도 담기지 않았다. 모두가 하고 싶은 일, 가고 싶은 각자의 길을 가는 것일 뿐, 그 결과가 어떻게 흐르더라도 결국에는 순리대로 갈 뿐이다.

"죽어!"

몸을 추스른 이여령이 주먹을 뻗어왔다. 가볍게 낚아채며 팔을 뒤틀었다. 반대 팔을 휘두르자 그것마저 붙잡아 꺾었다. 뒷발질을 하는 다리를 툭툭 차 무릎을 꿇렸다.

그리고 그녀의 귓가에 입술을 가져갔다.

"천종설이 불쌍하구나."

속삭이는 그의 말에 이여령의 눈동자가 흔들렸다.

"뜻대로 되는 게 없어. 그렇지?"

"크윽!"

그녀가 세차게 몸을 비틀며 발버둥 쳤다.

"나도 참, 뜻대로 살기 힘들어."

강산의 눈동자가 붉게 물들었다. 맑고도 맑은 선홍빛의 눈동자가 먼 곳을 바라보았다.

"그런데 그것 또한 세상의 이치 아니겠어?"

미약한 바람이 불어왔다. 그것은 점점 몸짓을 불려가며 강산을 중심으로 휘몰아치기 시작했다.

"그렇게 흘러야 한다면 그렇게 흐르도록 해야지."

바람은 기(氣)의 태풍이 되었다. 문명의 발달로 혼탁해진 기가 천마구궁심법의 부름 아래 강산의 단전으로 모이기 시작했다.

강산의 단전이 꿈틀대며 확장을 시작했다. 터지고 아물며 끝없이 커지는 단전이 한계에 달했다.

그리고 그 순간, 단전이 깨어졌다.

쩌엉—

머리카락이 죄다 빠지더니 새롭게 돋아난다. 뱀이 허물을 벗는 것처럼 피부가 떨어져 나갔고, 벌린 입 사이로 이전의 치아를 밀어내며 새로운 치아가 고개를 내밀었다.

무인이라면 누구나 꿈꾸는 탈태환골이 이뤄지는 내내, 강산의 표정은 잔잔하기만 했다. 뼈가 뒤틀리는 섬뜩한 소리와 함께 골격이 최적의 상태로 만들어지는 것조차 전혀 고통스럽지 않은 모양이다.

믿기지 않는 일이다. 무인이라면 누구라도 꿈꾸는 탈태환골이 하겠다고 마음먹는 순간 이루다니.

이내 바람이 잦아들었다. 본래대로 돌아온 강산의 눈동자는 더욱 맑고 깊어져 있었다.

이여령은 기의 압력에 눌려 바닥에서 꼼짝하지 못하고 있었다. 강산은 그녀를 가만히 내려 보다가 고개를 들어 한곳을 쳐다보았다.

"이렇게까지 하고 싶지 않았지만."

강시가 있으면 술사가 있다. 한순간에 경지를 뛰어넘은 그의 기감이 더욱 명확하게 상황을 인지했다.

"누가 날 내려다보는 건 기분이 나빠서 말이야."

강산이 손을 뻗었다. 그리고 그가 손끝을 까닥였다.

쿠르릉!

손짓 하나로 10층에 달하는 빌딩이 무너졌다. 무너지는 빌딩 위에서 그림자 하나가 튀어나왔다.

멀찍이 내려선 그림자, 묘는 질린 얼굴로 강산을 쳐다봤다.

'이 정도라니.'

그의 실력이 대단하다는 것은 들어서 알고 있다. 그러나 손짓 하나로 건물을 무너트릴 정도인 줄은 몰랐다.

더구나 철저하게 기척을 숨기고 있었는데도 단번에 자신의 위치를 찾아냈다. 이대로라면 몸을 빼기도 쉽지 않다.

"남들 구경거리 되는 것도 사양이고 말이야."

묘가 어깨를 움찔했다. 떨어져 있는데도 바로 곁에서 말하는 것 같다.

전음?

그것과는 달랐다. 그냥 말했는데 귀에 들린 거다.

'구경거리?'

그보다 구경거리란 소리가 등골을 서늘하게 만들었다.

강산이 손바닥을 하늘로 향하며 손을 들었다. 펴져 있던 손이 주먹을 쥐었다.

―뭐야!

―악!

리시버를 통해 현장을 촬영하고 있던 사람들의 비명이 들렸다.

"무슨 일이야?"

―1번 카메라가 갑자기 부서졌습니다.

―3번도 마찬가집니다.

―5번 카메라도 망가졌습니다.

총 24개의 카메라가 설치되어 있었다. 부서졌다는 보고는 24개의 촬영기사 모두였다.

말도 안 되는 일이다. 어디 있는지도 모를, 사방에 흩어져 깔린 카메라들을 일순간에 부수는 일은 그를 이곳에 보낸 사람조차도 하지 못할 거다.

"누구냐."

갑자기 들려온 목소리. 이번에는 아까와 달랐다. 바로 뒤에서 들린 목소리다.

묘는 반사적으로 거리를 벌리며 벨트버클을 잡았다.

허리에 차고 있는 벨트는 평범한 것이 아니었다. 그의 독문 병기인 연검이었다. 묘는 곧바로 검을 뽑으려 했다.

"흡!"

숨이 턱 막혔다. 바로 코앞에 강산의 있었다. 그의 손이 검을 잡은 손을 지그시 누르고 있었다.

"재밌는 걸 다루는구나."

연검은 까다로운 무기였다. 낭창낭창 휘어대는 연검은 조금만 잘못 다뤄도 스스로에게 상처를 내고 만다. 내공의 수발이 자유롭지 않으면 위험한 무기였다.

묘는 절정에 가까운 고수였다. 그의 무공 또한 연검을 다루는 구환마룡검(九幻魔龍劍)이다.

찰나에 아홉 번의 변화가 일어나며 상대방의 전신을 찢어 발기는 상승의 마공이었다.

"게다가 구환마룡검을 익혔어."

"그걸 어떻게……."

"넌 내가 누군지도 모르고 이런 짓을 벌인 게냐?"

그는 마도의 하늘, 천마라 불리던 절대자였다. 마공이라면 누구보다 잘 아는 것이 당연했다.

묘는 강산의 손아귀에서 벗어나기 위해 내공을 전력으로 끌어올렸다.

하지만 내공이 꿈쩍도 하지 않았다. 오히려 그가 움직이려 하면 할수록 단전 깊숙한 곳으로 꼭꼭 숨어드는 것만 같았다. 마치 겁을 먹은 것처럼 말이다.

"용쓰지 말고. 말해봐라. 누구냐."

만마(萬魔)를 굴복시킨다는 천마의 무공이다. 우습게도 마 공의 정점에 있는 천마신공이 오히려 마공의 가장 큰 천적과 도 마찬가지였다.

묘는 지금의 상황이 당황스러웠다. 그가 강한 것은 알고 있 었지만, 자신이 저항조차 못 할 정도일 줄은 몰랐다.

콰직!

"……?"

묘는 무슨 일이 일어났는지 자각하지 못했다. 고개를 내리자 기괴하게 부러진 자신의 다리가 보였다.

"으, 으아아아악!"

뒤늦게 묘가 비명을 질렀다. 강산이 인상을 일그러트리며 손을 놓았다. 바닥에 쓰러져 부러진 다리를 붙잡고 울부짖는 묘의 모습이 기가 막혔다.

팔다리가 잘려 나가도 적이 눈앞에 있으면 검을 드는 것이 무림인이다. 부상과 죽음은 그들에게 있어 필수 옵션이나 마찬가지다.

그런데 겨우 다리 부러졌다고 저 난리라니?

하지만 묘가 이리 고통스러워하는 데에는 이유가 있었다. 중원과는 다른 환경에서 무공을 배웠기 때문이었다.

중원에서라면 무공을 배우며 수많은 비무를 한다. 그 와중에 깨지고 다치며 고통에 익숙해지는 것은 당연했다.

묘는 그런 과정이 없었다. 그저 가르치는 대로 배웠으며, 그가 무공을 사용해 온 대상들은 대개 평범한 사람이었다. 다칠 일도, 위험할 일도 없었다.

그러니 고통을 몰랐다. 월등한 힘을 이용해 목적을 손쉽게 달성해 왔을 뿐인 그는 나약했다.

"시끄럽다."

중원에서 이리 말했다면 단박에 조용해진다. 그렇지 않으면 목이 날아갈 테니까.

"아아악! 아파! 아파아!"

하지만 이곳은 중원이 아니다. 묘 또한 순수한 중원의 무인도 아니었고. 그는 비명을 지르며 눈물까지 줄줄 흘렸다.

한심한 놈이다. 대체 이런 놈을 보낸 작자가 누군지, 다른 의미로 정말 궁금해졌다.

"닥치지 않으면 혀를 뽑아버리겠다."

"아악, 으아아악! 사람 살려!"

아무리 묘가 고통을 모르는 현대인이라고 해도 평상시라면 이 정도로 추한 모습은 보이지 않았을 거다. 그러나 그를 특별하게 만들어준 내공조차 움직이지 않는 상황이 그를 일종의 패닉 상태에 빠지게 했다.

연신 뒤로 물러나던 묘의 눈에 강산의 뒤로 다가온 이여령이 보였다.

"여령! 놈을 죽여엇!"

묘의 명령이 떨어졌다. 강산의 표정이 더욱 험악하게 변했고 이여령은 그를 향해 주먹을 뻗었다.

"이거야 원."

익숙하지 않은 상황이다. 살다가 이런 한심하고 어이없는 상황을 맞닥뜨리게 될 줄은 몰랐다.

이미 이여령의 접근을 알고 있었던 강산은 가볍게 몸을 돌리며 그녀의 복부에 주먹을 꽂아 넣었다.

아까와는 달랐다. 예전의 경지에 다다른 그의 힘은 아무리 고통을 모르는 이여령의 육체라도 단숨에 한계치에 도달하게 만들었다.

털썩, 그녀의 몸이 힘없이 쓰러졌다. 주먹질 한 번에 의식을 잃은 것이다.

묘의 눈이 찢어질 듯이 커졌다.

멀리서 요란한 사이렌 소리가 들려왔다. 뒤늦게 경찰이 몰려오고 있었다.

"사, 살려……."

강산은 가볍게 묘의 혈도를 집어 침묵하게 만들었다.

"일단 자리를 옮겨서 계속할까?"

묘는 미친 듯이 고개를 저으려 했으나, 점혈된 그의 육신은 주인의 의지를 완전히 배신하고 있었다.

어린아이에게 칼을 쥐어주면 위험하다. 누군가를 다치게 하는 경우야 말할 것도 없고, 어설프게 칼을 휘둘렀다간 스스로 상처를 입게 된다.

눈앞에 있는 녀석이 그랬다. 약자를 상대로 마음껏 힘을 휘두르다가 자신에게 잡혔다. 쉬이 부러지는 커터칼 하나를 믿고 신검을 든 자신에게 이빨을 드러냈다.

커터칼이라고 해도 자신이 들면 신검이나 마찬가지다. 그러나 그건 어디까지나 실력이 받쳐 줘야 할 일.

강산은 이여령과 청년을 천기뇌가의 빌딩으로 데려왔다.

"이름."

"묘입니다."

퉁퉁 부은 눈이 불안하게 흔들렸다. 하도 울어대는 바람에 부은 거다. 그나마 강산이 어깨를 탈구시키며 겁을 주지 않았다면 아직까지 울었을 것이다.

"저 여자는 누구지?"

"천종설의 부인입니다."

"부인을 강시로 만든 건가?"

"그건 어쩔 수 없었습니다. 부인께선 불치병에 걸리셨거든요. 그분은 아내를 위해 금단의 영역에 손을 대신 겁니다."

"불치병?"

"혈액암 말기였답니다. 치료가 불가능해서 어쩔 수 없이 강시로 만들어야 했습니다."

"평범한 강시로 보이지는 않던데."

"천마수라강시라고 합니다. 생강시 중에서도 최상위의 강시죠."

들어본 적 있었다. 최초의 천마에 대항하기 위해 만들려 했었던 강시였다. 강시술사들을 처단하는 와중에도 많이 들어

보았다.

천마수라만 완성된다면. 천사도 녀석들이 입버릇처럼 뱉어내던 말이었다.

"지금 천종설은 어디에 있지?"

"그건……."

묘가 눈알을 뒤룩뒤룩 굴리며 식은땀을 흘렸다.

"손가락 하나……."

"강원도의 배후령터널입니다!"

말이 끝나기도 전에 실토한다. 강산의 눈살이 찌푸려졌다. 이런 한심한 놈은 정말 오랜만이었다.

"터널?"

"터널 공사를 하면서 내부에 시설을 만들었습니다. 인제터널과 함께 가장 긴 터널을 만드는 거라 관리시설이란 명목으로 산 아래에 이것저것 만들기가 쉬웠거든요. 그곳에 연구시설을 만들어 두었습니다."

배후령터널은 2012년도에 개통된 5.1㎞의 터널이다. 개통 전에는 죽령터널이 4.6㎞로 국내에서 가장 긴 터널이었다.

인제터널 또한 2015년도에 개통된 터널이다. 평창 동계올림픽에 맞춰 건설된 10.96㎞의 터널로, 국내 최장, 세계에서 11번째로 긴 터널이었다.

강산의 표정에 한기가 내려앉았다.

"정부와의 합작품인가?"

천종설의 재산이라면 독단으로 시설을 만들 수도 있다. 하지만 허가는 정부에서 내준다. 천종설 혼자 그런 시설을 임의로 만들기는 어려웠다.

"방공호의 역할까지 겸하는 곳으로 만들어졌습니다."

"국정원은 그에 대해서 모르는 눈치던데."

"나중에 문제가 되면 그에게 모든 책임을 전가하기 위한 거겠죠."

묘는 속으로 회심의 미소를 지었다. 최악의 경우, 거짓된 정보를 강산에게 전달하는 것이 그의 임무였다. 고통을 이겨내지 못하는 본래의 성정과 합쳐져 훌륭하게 속인 셈이다.

"그런데 말이야. 천종설의 부인은 왜 저런 상태지?"

"네?"

"네 말대로 온전하게 만들어진 천마수라강시라면 저 정도로 약하지 않아."

"천종설이 뭔가 실수를 했겠죠."

강산이 피식 웃으며 자리에서 일어났다.

"천종설, 과거 천기신뇌 위극소라 불리던 그가 실수하는 경우란 말이지……."

묘는 자신의 머리 위에 손을 올리는 강산을 보며 불길한 예감이 들었다.

"나 같은 존재가 끼어들었을 때와."

제품으로 말하자면 규격 외라고 할 만하다. 천기마저 어그러트릴 수 있는 강력한 힘을 가진, 천마 같은 절대고수가 끼어들면 변수가 발생한다.

회귀 전, 대한민국이 초토화되었던 일과 회귀 후, 강산을 진법에 가둬 처리하려 했던 일의 실패가 그런 것이었다.

"위극소 스스로 그렇게 만들었을 때뿐이다."

"끄아아아아!"

묘의 눈동자가 하얗게 뒤집어지며 입에 거품까지 물었다. 전신을 사시나무 떨 듯이 덜덜거리던 그는 강산이 손을 놓자 그제야 힘없이 바닥으로 쓰러졌다.

"애당초 말이 안 되잖아. 사랑하는 부인을 남에게 맡긴다는 것이. 그것도 미완성인 채로 말이다."

"컥, 커억!"

"하긴. 빌딩 위에서 사람들이 죽어가는 것을 보고 웃는 놈이 그런 걸 알기나 하겠어."

지상의 참상을 보며 웃는 묘를 봤다. 이 녀석은 기본적으로 인성에 문제가 있다. 누군지 몰라도 묘를 보낸 녀석은 버리는 패로 쓰려고 했다.

과연 그게 천종설일까?

'아니겠지.'

천종설이라면 이렇게 복잡하게 일을 치르지 않는다. 아예 자신을 불러 독대를 하고 목숨을 걸고 단판을 지을 사람이 천종설이다. 그게 바로 한 분야에서 최고에 오른 자들의 자존심이다.

"여기서 반성하고 있어라."

방금 전, 강산은 마기를 묘의 뇌에 직접 침투시켜 금제를 가해두었다. 그가 아니라면 누구도 풀 수 없는, 멀쩡한 사람을 실혼인처럼 만들어 버리는 금제였다.

이곳에 있는 한은 누구도 그를 건들지 않을 것이다. 이서경이나 한지겸이 보면 자신의 작품인 것을 알 테니, 그 또한 걱정없다.

'그나저나 어딜 간 거야.'

이서경은 하루 종일 연락이 안 되고 있었다. 대회 수습이야 정경배가 잘하겠지만, 강시나 천종설에 관한 문제는 이야기를 나눌 부분이 많았다.

창밖에 어둠이 깔리고 있었다. 마침 사람들 눈에 띠지 않게 가기도 좋았다.

강산은 이여령을 어깨에 짊어지고 건물을 나섰다.

＊　　　＊　　　＊

배후령터널이 지나는 경운산에 강산이 도착했다. 이여령을 어깨에 멘 채로 사람들이 있는 곳으로 갈 수는 없었기에 산으로 오른 것이다.

강산은 한쪽 무릎을 꿇고 바닥에 손을 댔다. 땅 아래에 있다고 하니, 좀 더 확실하게 찾기 위해서다.

기감을 퍼트렸다. 흙을 파고들고 나무뿌리를 지나 땅속을 꿈틀거리는 작은 생명체까지 하나하나 살폈다. 오랜만에 만물을 감각 안에 두려니 생소한 기분이 들었다.

처음 탈마의 경지에 올랐을 때에는 이 느낌이 신비로웠다. 만물이 나와 같았고, 내가 만물 같았다. 모든 것이 눈에 보이는 것처럼, 살을 맞대고 있는 것처럼 느껴졌다.

깨달음의 순간이 지나고서는 오히려 자신의 안에 모든 것을 가뒀다. 초인적인 인지 능력을 계속 놔두면 만물의 향기에 취해 우화등선 해버릴 것만 같았기 때문이다.

물론 우화등선을 아무나 하지는 못한다. 강산은 그저 뛰어난 감각이 귀찮아서 잠갔을 뿐이다.

'이건 생각보다……'

컸다. 이곳에서 좀 더 북쪽에 있는 지하시설은 축구장 크기의 3층짜리 구조물로 파악되었다.

강산은 지하시설의 중앙으로 자리를 옮겼다.

"천종설. 대화가 통했으면 좋겠어."

이 모든 것이 누군가의 함정일지도 모른다. 그래도 천종설만큼은 멀쩡하게 있었으면 좋겠다. 한 자리에서 움직이지 않는 그의 기척이 그저 쉬고 있는 것이었으면 했다.

"내려가 볼까."

강산이 가볍게 발을 구르자 땅이 흐물거리며 녹기 시작했다. 반경 1m의 구멍이 생기며 그의 몸이 땅 아래로 점점 내려갔다.

얼마나 내려갔을까? 단단한 시멘트 구조물이 모습을 드러냈다. 방공호라고 했으니 그 두께만도 상당할 거다.

강산은 손을 가볍게 휘저었다. 그의 손끝에서 무형의 강기가 뻗어나가 시멘트 안으로 스며들었다. 잠시 기다린 강산이 이번에도 가볍게 발을 굴렀다.

그그궁!

네모반듯한 모양으로 시멘트 바닥이 아래로 떨어지기 시작했다. 강기로 잘라낸 것이었다.

연구시설의 로비 천장이 네모반듯한 모양으로 떨어졌다. 다행이 그 아래에는 아무도 없었지만, 주변에 있던 사람들의 놀람은 이루 말할 수 없을 정도였다.

"대체 뭐야?"

"보안요원 불러!"

기침을 하는 사람, 놀라 오줌까지 지린 사람들 사이에 빠르게 대응을 하는 자들이 보였다. 강산은 그들 앞으로 뛰어내렸다.

"뭐야!"

"손님."

격한 놀람에 차분한 대꾸를 하고 가볍게 발을 뻗었다. 복부를 차인 남자가 허리를 꺾으며 쓰러졌다. 강산은 쓰러진 남자의 손을 강하게 밟았다.

"아아악!"

"침입자다!"

남들의 반응 따위야 가볍게 무시했다. 대신 강산은 자신이 밟고 있는 남자에게 물었다.

"야, 여기 어느 기관 소속이냐?"

"너! 여기가 어딘 줄 알고!"

"그래, 여기가 어디냐고."

"아악!"

너무 세게 밟았다. 강산은 슬쩍 발에서 힘을 뺐다.

"그를 놔줘라!"

철컥, 총을 겨누는 소리가 들렸다. 강산의 주변을 에워싼 자들이 보였다. 하나같이 꽤 험한 훈련을 받은 자들이다.

"쏴."

"뭐?"

"쏘라고."

강산은 다시 발에 힘을 줬다.

"끄아아악!"

이번엔 발의 위치를 바꿨다. 쓰러진 남자의 뒷덜미에 올렸다.

"빗나가면 어떻게 될지 잘 생각하고 쏴."

원형으로 포위를 한 상황이다. 총을 쏘면 자기들끼리 맞을 수도 있다.

"그리고 함부로 덤벼들어도 어찌 될지 잘 생각하고."

발을 들어 바닥을 찍었다. 돌가루가 사방으로 튀며 대리석 바닥이 움푹 파였다. 강산은 다시 발을 쓰러진 남자의 등 위로 올렸다.

"자, 다시 대화. 여긴 어디지?"

하지만 나타난 요원들은 쉽사리 기선을 제압당하지 않았다. 그들은 곧장 포위 형태를 반원형으로 바꿨다.

"당장 어깨 위의 여자를 내려놓고 항복해라. 그렇지 않으면 발포하겠다."

책임자로 보이는 남자가 묵직한 음성으로 물었다.

"네가 여기 책임자인가?"

"그렇다."

"그래?"

강산의 몸이 움직였다. 책임자라 말한 남자의 앞으로 다가
간 것은 순간이었다. 손을 차서 권총을 떨구고, 다리를 걸어
넘어트리기까지 숨 한 번 크게 쉴 시간밖에 안 걸렸다.

그나마도 강산이 설렁설렁 움직여서 이 정도다. 마음먹고
움직였으면 아무도 그가 움직인 것을 인식조차 못 할 테니까.

갑작스런 상황에 다른 자들이 반응을 하기도 전, 이번에는
책임자란 남자의 가슴에 발을 올렸다.

"자, 다시 질문. 여긴 어디지?"

책임자는 지금의 상황을 도무지 믿을 수가 없었다. 침입한
방식도, 질문을 하고 있는 남자의 몸놀림도 상식적으로 불가
능한 일들이다.

아니, 그보다 이렇게 침입한 자가 이곳이 어딘지로 모르고
침입했단 말인가? 더구나 이곳이 어디인지, 소속된 곳이 어디
인지는 눈만 들어도 알 수 있다.

책임자는 눈동자만 돌려 한 곳을 바라봤다. 강산도 그의 눈
동자를 따라 고개를 돌렸다.

NIS. 국가정보원의 로고가 벽에 걸려 있었다.

강산의 발에 다시 힘이 들어갔다.

"질문을 바꾸지. 이곳은 뭘 연구하는 곳이지?"

"쏴버려!"

책임자의 외침에 보안요원들의 총이 일제히 불을 뿜었다.

강산은 주변에 기막을 펼쳤다. 기막은 호신강기와는 달랐다. 아예 일정 공간을 장악해서 총알을 막아내지 않고 굴절시켜 빗나가게 했다.

"아악!"

"컥!"

호기심에 주변에 있던 자들과 요원 중 일부가 총에 맞았다. 그중 한 발은 발아래 깔려 있는 책임자의 다리에 맞게 했다.

"사, 사격 중지!"

중지 명령을 내리기도 전에 이미 사격은 멈춰 있었다. 요원들의 얼굴에 경악과 불신의 빛이 어렸다.

총구를 코앞에 들이대로 쏜 거나 마찬가지다. 그런데 맞지 않고 죄다 빗나갔다. 자신들의 눈이 잘못된 것이 아니라면, 눈앞의 남자가 총알의 궤적을 바꾼 것이 분명했다.

"왜? 더 쏘지 않고."

강산의 무감정한 목소리에 요원 중에 하나가 어금니를 깨물며 나섰다.

"원하는 게 뭐냐?"

"닭대가리냐?"

물었다. 이곳이 뭘 연구하는 곳이냐고. 입 아프게 또 물어

보게 하다니… 마음에 들지 않는다.

"아아악!"

발아래 쓰러진 남자의 팔을 밟았다. 조금만 더 힘을 주면 으스러질 정도로 강하게 밟았다.

"이곳은 불치병을 연구하는 곳이다!"

"불치병?"

"치료가 불가능한 불치병과 완치할 수 없는 난치병을 연구하고 치료하기 위한 곳이다."

"그런 훌륭한 일을 왜 이런 곳에서 해?"

"그, 그건……."

"강시라고 아나?"

"……."

주변에 있던 자들의 안색이 경직되었다.

리저렉션 프로젝트.

이곳에서 연구하고 있는, 신의 영역이라 불리는 부활에 대한 연구다. 그리고 연구에 쓰이는 것이 특수한 처리로 움직이게 만드는 강시였다.

"당신이 그걸 어떻게……."

맞군, 강산은 조소하며 어깨에 메고 있던 이여령을 내려놓았다.

"웃기는 일이야. 설마 했는데. 천종설 그자가 이런 짓을 하다니."

이미 다 알고 온 길이다. 확인이 필요했을 뿐이다.

이곳에 있는 자들이 모두 죽어 마땅한지, 아닌지 말이다.

"중원의 법대로."

이들이 원하든, 원하지 않았든. 강시를 만드는 일을 한 죄는 강산을 독행마 진천으로 만들기에 충분했다.

진천으로 화한 그의 손이 한차례 허공을 휘저었다.

"죽어라."

천종설은 기계적으로 손을 놀렸다. 침을 놓고 빼고, 약물처리를 하고 내공을 이용해 후처리를 했다. 가장 단순한 하급 강시를 만드는 일에 고도의 집중을 할 필요는 없다.

하지만 그는 집중했다.

다급한 비명과 요란한 비상 사이렌 소리도 듣지 못했다. 그는 스스로를 세상과 완전히 격리시킨 채, 강시를 만드는 일에 몰두했다.

오늘 할당된 시체는 다섯 구. 한 구만 더 하면 쉴 수 있다. 그녀를 볼 수 있다.

우뚝, 거침없이 움직이던 손이 멈췄다.

보아서 뭐 할까. 그녀는 이미 자신의 손을 떠났는데.

그래도 보고 싶었다. 어쩌면, 차라리 그녀의 손에 죽임을 당하고 싶은 건지도 몰랐다.

다시 그의 손이 움직였다.

그러나 움직임은 나직이 들려온 목소리에 금방 멈추어야 했다.

"꼴이 말이 아니군."

이 목소리.

천종설이 허리를 펴며 몸을 돌렸다. 그의 입가에는 잔잔한 미소가 머물고 있었다.

"왔군."

생각보다 늦었다. 좀 더 빨리 올 줄 알았었는데. 그래도 이제 모든 것을 끝내고 쉴 수 있다고 생각하니, 나쁘지 않았다.

천종설은 주변에 아무런 기척이 느껴지지 않음을 그제야 깨달았다. 고요했고 적막했다. 이 넓은 연구소에 있는 모든 사람이 죽은 것이다.

강산은 이여령을 바닥에 내려놓았다.

"왜 그랬나?"

천종설은 아무런 대답도 못하고 잠들어 있는 부인을 바라보기만 했다.

천마수라강시.

이론상 만들기만 하면 최강이라 불릴 강시다. 그런 강시가 실패작이 되었다. 다른 사람도 아닌, 그의 부인으로 만들었는데도 말이다.

강산은 이여령이 천종설의 부인임을 듣고 이미 눈치채고 있었다. 지금까지 일어난 일들은 천종설의 뜻이 아니며, 또한 천종설의 뜻이란 것을.

"왜 부인을 버린 건가."

천종설은 부인을 버렸다. 강시대법을 완전하게 성공시키지 못했다는 의미가 바로 그것이다.

"이미 알고 있잖은가."

"바로잡을 수는 없었나?"

"나도 이제는 지쳐서 말이야."

전생에는 부인을 만나지 못했다. 현생에도 너무 늦게 만났다. 그래서 금단의 방법까지 동원하여 그녀를 살리려고 했지만, 그건 산 게 아니었다.

"서로 죽일 수 없으니, 다른 사람의 손이라도 빌려야지."

고독을 완성하고 부인을 만날 수 있었다. 잠에서 깨어난 그녀에게서 병의 흔적은 찾아볼 수 없었다.

그러나 자신의 흔적은 거기에 없었다.

"잔인하더군. 나를 상대로 실험을 하다니."

천종설 또한 고수였다. 이여령은 그의 명령으로 천종설을 공격했다. 천마수라강시의 위력 테스트였다.

"내가 어찌 그녀를 베겠나. 그래서 죽으려 했네. 그런데 그

자는 죽지도 못하게 하더군. 어떻게 했는지, 그녀의 술사로
각인을 했어. 알고 있던 거지. 강시대법에 대해서. 그러나 천
마수라강시에 대해서 다 알지는 못하더군."

"혼주(混酒)를 주지 않았군."

천마수라강시의 힘은 강력하다. 하지만 강력한 만큼 위험
하기도 했다.

잠에서 깨어나 술자로 각인하기 전에 술자를 죽일 수도 있
다. 원체 강력한 강시이다보니 술자의 제어를 무시할 수도 있
다.

그래서 혼주를 썼다. 그것은 술자와 강시의 피를 섞어 만든
술이다. 천마수라강시 본래의 힘은 제작 초기에 봉인해 두었
다가 이 혼주를 마시게 함으로서 깨우는 것이다.

그리고 천마수라강시에 묶여 있는 영혼을 술자와 엮어 절
대적으로 충성하게 만드는 안전 장치였다.

천종설은 놀란 눈으로 강산을 바라보았다.

혼주에 관한 것은 자신이 구한 비전에만 기록되어 있었다.
더구나 특수한 방법으로 가려져 있어 아무나 볼 수 없게끔 되
어 있었다.

천사도의 비전 필사본이 어딘가에 또 있을지도 모른다. 하
지만 이것만은 자신 외에는 알 수 없는 것이라고 여겼는데.

"난 강시가 싫거든."

"허허."

천종설은 알 수 있었다. 이 남자, 천마의 진전을 이었다고 했었다. 과거 그가 왕성하게 중원을 활보하던 시절, 당시의 천마를 본 적이 있었다.

"초대 천마도 싫은 건 철저히 뿌리 뽑았었지."

"그를 아나?"

"비무를 자주 했었지. 내가 만든 절진과의 비무 말이야."

천마는 강함에 집착했다. 스스로 함정에 뛰어들고 적을 만들며 끊임없이 강해지고자 했다.

그래서 당대 기문진법의 대가라는 위극소를 찾아와 자신을 죽일 수 있는 진법을 내놓으라고 했다. 그리고 매번 위극소가 만든 절진에서 살아나왔었다.

그 덕분에 위극소의 진법에 대한 조예도 더욱 깊어졌었다. 따지자면 천마는 그의 은인이기도 했다.

"또다시 신세를 지는군."

"정말 그렇게 생각하나?"

천종설이 고개를 들어 강산을 바라보았다.

"그렇군. 그래, 나에게 바라는 것이 뭔가?"

"그자가 누구지?"

"그건 말해줄 수 없네."

"어째서?"

"내 머리에 고독이 심어져 있거든."

강산의 미간이 일그러졌다.

"고독이라니."

천종설은 이여령을 안아 침대 위로 옮겼다.

"그자는 욕심이 많아. 그 욕심을 챙길 만한 힘도 있고. 나에게 가해져 있는 금제는 그가 누구인지에 대해 말하지 못하도록 한 것이지만, 에둘러 말해줄 수는 있지."

"에둘러 말해봐."

"그는······."

푸욱!

천종설은 끝까지 말하지 못했다. 그의 가슴을 이여령의 손이 꿰뚫었기 때문이다.

"배신자."

싸늘한 그녀의 말에도 천종설은 입가에 미소를 머금었다. 한줄기 피가 흘러내리며 그녀의 얼굴로 떨어졌다.

"그래, 배신자지."

이여령이 천종설의 가슴 속에서 주먹을 쥐었다. 그의 심장이 그대로 으스러졌다.

"어떻게 깨어났지?"

강산은 오랜만에 당혹감을 느꼈다. 확실하게 그녀의 혈을 막아 정신을 차리지 못하게 해놓았다. 평범한 사람이라면 죽었을 테지만, 그녀는 강시이기에 할 수 있는 짓이었다.

하지만 제대로 깨어난 것은 아닌 모양이다. 이여령의 칠공에서 피가 흘러나왔다.

눈, 코, 귀, 입, 피를 흘리는 그녀가 고개를 돌려 강산을 노려보았다.

"모든 건 당신 때문이야."

그 말을 끝으로 더 이상 움직임이 없었다. 그대로 죽은 것이다. 자신의 남편과 함께.

"빌어먹을."

이여령에게도 금제가 걸려 있었다. 그것도 술자의 권한이 깃든 강력한 금제였다.

강산은 한숨을 내쉬고 밖으로 나섰다.

'배신자라.'

단순히 이여령의 말에 수긍한 것이 아니었다. 천종설의 그 말은 강산에게도 하는 말이었다.

*　　　*　　　*

서울로 돌아온 강산은 곧바로 집으로 향했다. 핸드폰에 부재중 전화가 수백 통이었다. 그중에 태반이 어머니와 아버지의 전화였다.

"저 왔어요."

"강산아!"

TV를 보며 전화기를 붙들고 있던 이선화가 벌떡 일어나 달려 나왔다. 그녀는 아들의 몸을 보듬으며 울먹거렸다.

"대체 어떻게 된 거야! 어디 다친 곳은 없고?"

"네, 괜찮아요."

"괜찮다면 다야! 그 난리가 났었는데! 어디 봐봐, 우리 아들. 진짜 멀쩡한 거야?"

"정경배 씨한테 연락 안 왔어요?"

"지금 아무도 연락이 안 돼. 네 형도 현장에서 너 찾고 있다. 아빠도 너 찾아본다고 나가서 아직까지 안 들어왔어."

"죄송해요. 일단 엄마는 아버지한테 전화 좀 하세요. 전 형한테 할게요."

강산은 엄마를 달래 거실 소파에 앉으며 강현에게 전화를 걸었다.

─산아!

벨이 몇 번 울리기 무섭게 강현의 목소리가 들려왔다. 강산은 씁쓸하게 웃으며 말했다.

"형, 나 집이야."

─뭐? 너 이 자식! 얼마나 걱정했는지 알아? 대체 어떻게 된 거야?

"그런 일이 좀 있었어. 지금 어디야?"

—강원도 가는 길이었다.

"강원도?"

—위치 추적했더니 강원도에 있잖아. 그나저나 통신사가 미쳤나보다. 네가 강원도에 있는 걸로 뜨다니.

"그러게."

강산은 남몰래 가슴을 쓸어내렸다. 검사라고 위치 추적까지 이용할 줄이야.

—무사한 거 알았으니까 됐고, 다친 덴 없는 거지?

"응. 멀쩡해."

—일단 집에서 쉬어. 이번 일 때문에 나도 정신없다. 형은 검찰청으로 가봐야 할 거 같아. 한동안 집에 못 들어갈 수도 있어. 어머니한테 잘 말씀드리고.

"알았어."

강산은 통화가 끊긴 전화기를 물끄러미 쳐다봤다.

형이 알았다면 아버지도 알았을 거다. 아무래도 껄끄러웠다. 어쨌거나 아버지는 국정원 사람이다. 국정원에서는 아버지의 행보를 주시하고 있을 테고, 자신의 말도 안 되는 위치 이동을 어찌 생각할지 걱정이 되었다.

그런데, 그보다 이해할 수 없는 상황이 벌어졌다.

'안도? 걱정?'

예전의 무공수위를 되찾았다. 그런데 세상을 관조하던 그 마음이 아니다. 현재 그는 남들처럼 똑같이 걱정하고 한숨짓고 있었다.

'그러고 보니……'

무공 수위도 무언가 미묘하게 다르게 느껴졌다. 겨우 종이 한 장 차이 정도였지만 분명 경지가 올라가 있었다.

굳이 따지자면 생사경의 경지, 그곳이 보이고 있었다.

3장

거짓된 이름

문춘수는 뉴스를 통해 강산의 대회가 엉망이 된 사실을 알았다. 아들의 친구다. 자신에게도 제자와 같았다. 그리고 강산에게 도움도 많이 받았다.

이래저래 걱정이 되고 심란한 마음에 몇 번이나 전화를 걸려다 말았다. 자신이 이런데, 산의 부모님은 오죽할까. 괜히 연락해서 정신 사납게 할까 봐 걱정되는 마음을 꾹꾹 눌러 참고 있었다.

그런데 늦은 저녁, 강창석이 자신을 찾아왔다.

'산이 상태가 심각한 건가…….'

뉴스에는 강산이 다쳐 병원에 입원했다고 한다. 현재 절대적인 안정이 필요하며 외부인과의 면회가 금지라고 했다.

솔직히 문춘수는 그걸 100% 믿지는 않았다. 강산이라면 제 몸 하나는 제대로 간수할 놈이라는 믿음이 있기에, 회사와 이서경의 배려일 뿐이라고 생각했다.

그런데 강창석이 연락도 없이 늦은 시간에 찾아오다니. 생각보다 심각한 건 아닐지 걱정이 되었다.

문춘수는 강창석을 데리고 근처 실내포장마차로 왔다. 그는 술이 나오기 무섭게 소주병을 들었다.

"한잔하시죠."

강창석은 말없이 소주잔을 들어 술을 받았다. 단숨에 술을 비운 그가 이번에는 소주병을 들어 내밀었다.

"받으시죠."

"예."

한동안 주거니 받거니 하며 술만 들이켰다. 별다른 대화도 하지 않고 마시려니 취기가 더 빨리 오르는 듯싶었다.

한 병, 두 병… 빈 병이 다섯 병째가 되었다.

"대식 아버지."

"네, 말씀하시죠."

"우리 아들 좀 도와주십쇼."

"예?"

"그렇게 뒷짐 지고 계시지 말고요."

이게 무슨 뚱딴지같은 말인지 모르겠다. 하지만 그러려니 했다. 오죽하면 자신에게 찾아와 이런 말을 할까.

"뭐든지 말씀만 하세요. 제가 도울 수 있는 일이라면 힘껏 돕겠습니다."

"이번 사고요. 솔직히 대식 아버님 실력이라면 막을 수도 있었잖습니까. 섭합니다, 섭해요."

"죄송합니다. 애들 대회가 코앞이라 저도 정신이 없었네요."

"이해합니다. 하지만요, 애비란 게 그런 거 아니겠습니다. 아무리 자식을 믿어도 불안한 건 어쩔 수 없잖아요."

"다음부터는 저도 한 팔 거들겠습니다."

문춘수의 체육관 인원은 나날이 늘어만 갔다. 거쳐 간 사람까지 하면 최소 수천 명이 넘는다. 그들 중에 일부를 아르바이트 형식으로 강산이 관련된 행사에 지원하는 일 정도는 해줄 수 있었다.

하지만 강창석의 뜻과는 달랐다. 그는 문춘수가 무림의 고수란 것을 상정하고 말하는 거였다.

"그 정도로는 안 됩니다."

"무슨 말씀이신지……."

"솔직히 그런 놈들을 세상에 돌아다니게 할 수는 없지 않습니까? 아버님처럼 훌륭하게 사는 분들도 있지만, 이번에 난입한 놈들처럼 악한 놈들도 있을 게 아닙니까. 전 그런 놈들은 뿌리를 뽑아야 한다고 생각합니다."

"그야 그렇죠. 나쁜 놈들은 뿌리를 뽑아야겠지요."

"앞으로 정부에서도 특별 관리를 시작할 겁니다. 그때, 아버님께서 많이 도와주셨으면 합니다. 지금 가진 정부의 힘으로는 한계가 있어요."

"나라에서 나선다면야 저도 당연히 도와야지요. 하지만 제가 무슨 힘이 될지⋯⋯."

"강산을 가르치신 분이 아닙니까. 그 정도면 충분합니다."

"과한 말씀입니다."

문춘수는 헛기침을 하며 잔을 들었다.

'뭘 특별 관리를 한단 소린지.'

무림의 고수도 아니고, 강산의 숨겨진 능력을 모르는 문춘수다. 이해한다면 그게 더 이상한 일이다.

문춘수는 그저 강창석이 속상한 마음에 하는 소리라 생각했다. 그래서 맞장구를 쳐주며 술잔을 기울였다. 뒷일은 생각지도 못한 채 말이다.

* * *

"산아~"

강창석이 만취한 채로 집에 돌아왔다. 늦게까지 잠 못 이루고 있던 이선화가 도끼눈을 뜨며 나왔다.

"여봇! 대체 하루 종일 연락도 안 되고, 뭐 한 거예요?"

"산이를 위해서 일 좀 했지. 산이는 뭐해?"

"아버지 오셨어요."

"그래, 산아. 애비 왔다. 못난 애비가 말이다."

"무슨 말씀이세요. 많이 취하셨네요. 얼른 쉬세요."

"아냐. 취하기는. 이까짓 술 좀 마셨다고. 더 마실 수 있어."

"여보. 그만하고 빨리 씻어요. 내일 출근해야죠. 산이도 이따가 병원으로 가야 해요. 산이 회사에서 그렇게 처리해 놨대요. 대체 이게 무슨 도깨비놀음인지."

아들이 무사히 돌아온 것은 좋았다. 그런데 아들이 돌아오자마자 화이트 프로모션에서 연락이 왔다. 병원에 입원한 것으로 해두었으니, 외부에도 그렇게 말해달라고 신신당부한 것이다.

"병원? 입원이라고? 우리 아들이?"

뭐가 그리 즐거운 건지, 강창석은 어깨까지 들썩이며 웃음을 터뜨렸다.

"그럼 이 애비랑 술 한잔해도 되겠네. 그치? 병원에서 쉬면 되잖아."

"술 먹고 어떻게 병원을 가요."

"연락이 왔다며? 회사에서 사람이 나오겠지. 안 그래?"

술을 마신다는 소리에 어떻게든 말려보려 했건만, 강창석
은 다 알고 있다는 듯이 말한다. 그렇지 않아도 사람이 오기
로 되어 있었다.

"알았어요. 자리에 앉아요. 간단하게 안주 만들어드릴 테
니까요."

"아냐, 따로 할 이야기가 있어. 아버지와 아들의 대화가 필
요해. 시크릿, 비밀. 오우케이?"

"여보."

"산아. 술이랑 안주는 네가 챙겨 와라. 엄마는 쉬게 하고."

"네."

강창석은 비틀거리며 2층의 서재로 향했다. 이선화는 남편
의 뒷모습을 바라보다 작게 한숨을 내쉬며 몸을 돌렸다.

"엄만 잔다."

"네, 주무세요."

"너무 많이 마시지는 말고."

문을 닫기 전, 한마디 남기시는 어머니. 강산은 웃으며 장
식장으로 향했다.

'어디보자. 이게 좋겠네.'

적당한 술을 고르고 마른안주를 챙겼다. 서재 앞에 선 강산은 가볍게 노크를 하며 문을 열었다.

탁자 위에 쟁반을 내려놓자 소파에 기대어 있던 강창석이 천천히 눈을 떴다.

"받아라."

또렷하고 흔들림 없는 눈동자. 방금 전까지의 취기는 어디로 갔는지, 술 냄새 외에는 멀쩡해 보였다.

강산은 공손히 두 손으로 잔을 받았다.

"문 관장은."

화두를 던지고 잔을 비운다. 강산 또한 조심스레 고개를 돌리고 잔을 비웠다. 알싸한 주향이 식도를 타고 내려갔다가 뜨거운 화기가 되어 위로 올라왔다.

"아무것도 모르는 눈치더구나."

강산은 담담하게 아버지를 바라보았다. 어차피 직접 알아보신다면 충분히 진실을 가려내실 분이었다. 요는, 강산이 얼마나 당당하게 당위성을 설명하고 아버지를 설득하느냐다.

이렇게 된 이상, 강산 또한 조금 더 보여드리는 수밖에 없었다.

"아버지. 그건……."

"안다. 정말 대단한 사람이야. 내 눈까지 속일 정도로 훌륭한 솜씨야. 그래서 지금까지 조용히 발톱을 숨길 수 있었겠지."

이건 또 무슨 소린가?

"눈빛과 작은 손동작 하나까지 모두 완벽하더구나. 알고 만나지 않았다면 나조차 깜빡 속아 넘어갈 뻔했어. 정말 완벽하고 자연스럽더구나. 하지만!"

강창석이 눈을 빛냈다.

"너무 완벽해서 탈이었어. 심리학과 행동학 등에 비추어 보았을 때에도 나무랄 데 없이 깔끔했거든. 그게 문제였지. 조금이라도 다른 행동양식이 나와야 자연스러운 건데, 한 치의 오차도 없이 모르는 척을 했으니."

아는 것이 많은 사람이 오히려 속이기 쉽다고 한다. 강창석이 딱 그런 부류였다.

문춘수는 단순한 사람이다. 남 속이는 것도 못하고 그저 솔직하게 부딪힌다. 진짜 모르는 일이니, 정말 모른다는 표정과 행동을 보일 수밖에 없었다.

'…아버지.'

어쩐지 아버지가 안쓰러웠다. 최고의 정보요원이었을 아버지가, 단순한 문춘수 관장의 성격으로 인해 이런 오류를 일으키시다니.

괜스레 웃음이 나오려는 것을 참기 힘들었다.

"어쨌든, 난 그에게 할 말을 전했다. 앞으로 조금 바빠질 거야."

"무슨 말씀이시죠?"

강창석은 잔을 채웠다.

"산아. 무공이란 굉장히 위험한 힘이다. 이걸 그냥 두고 볼 수는 없어. 개인이나 단체가 독점하게 둔다면 훗날 무슨 일이 벌어질지 모르는 거야. 만약 IS 같은 테러범들이 무공을 익혀 봐라. 어찌 되겠니?"

"아버지 말씀은……."

"국가의 그늘로 들어오도록 할 생각이다. 철저한 감시 속에 무공을 더 이상 가르치지 못하게 말이다."

"그들을 모두 적으로 돌릴 생각이신가요?"

예로부터 무림과 관은 서로를 경원시해 왔다. 암묵적인 선을 긋고 영역을 가른 것이다. 거기에 익숙했던 무림인들이, 아무리 사회가 다르다고는 해도 쉽게 따를지는 의문이다.

"아니지. 국가 관리하에 들어온다면 그만한 혜택을 줄 거다. 함부로 무공을 사용하거나 누군가에게 전수하지만 않는다면, 중산층 이상의 삶을 살 수 있게 말이야."

"힘들 겁니다."

강창석이 술을 들이켰다.

탁!

잔을 탁자 위에 강하게 내려놓은 그는 굳은 눈으로 아들을 바라보았다.

"산아. 한 시간도 되지 않아 서울에서 강원도까지 다녀오는 일을 할 수 있는 무림인이 몇이나 되니?"

"......"

"쉽게 말하자. 너보다 강한 사람이 있니?"

"그건 모르는 일입니다."

"그럼 네가 이길 수 없는 사람은?"

강한 사람이란 정의는 얼마든지 바꿀 수 있다. 그러나 이길 수 있냐, 없냐는 다르다. 미묘하게 강산의 승부사 기질을 건드리면서도 실속 있는 질문이었다.

"아마도, 없을 겁니다."

강창석은 만족스런 웃음을 지었다.

아들은 허튼소리를 하지 않는다. 아마도라는 말로 약간의 가능성은 두었지만, 대외적으로 나서지 않는 무림의 특성상 아들보다 높은 수준의 무림인은 없다고 봐도 무방했다.

설령 있다고 해도 문춘수가 도우면 된다, 강창석은 그리 생각했다.

"나머지는 이 애비가 알아서 하마. 넌 걱정하지 말고 평소처럼 지내. 강시 같은 것들이 또다시 활개 치게 둘 수는 없으니까."

강산 또한 생각했던 바다. 중원의 힘을 더 이상 세상에 끌어내고 싶지 않았다. 가족의 위험을 방관할 수는 없었다. 그러기 위해 세상에 존재하는 모든 무림인의 무공을 전폐하는 한이 있더라도 말이다.

하지만 그 또한 중원의 무인이었기에, 그것이 얼마나 잔인한 일인지 알았다. 그래서 되도록 그러지 않으려 했건만.

"알겠습니다, 아버지."

세상에 무인이 얼마나 존재하는지는 모른다. 그러나 아버지가 하시겠다면 도울 뿐이다. 이전처럼 국가와 싸우느니, 같은 세상에서 온 무인들과 검을 섞는 것이 더 나았다.

* * *

"으으음."

이서경이 서서히 눈을 떴다. 익숙한 천장이 보였다. 그녀의 방이었다.

"지독한 악몽이었어."

한지겸이 고독을 이용해 자신을 제압했다. 꿈에서도 상상하지 못했던 일이다. 그가 자신을 사랑한다는 것을 알기 때문이다.

여자는 때론 자신의 의지와는 상관없이 잔인해진다. 자신을 아무리 사랑해 주는 남자가 있더라도, 자신이 다른 사람을 사랑한다면 그의 마음을 받아주지 않는다.

매몰차게 거절하면 된다. 남자가 마음을 정리할 수 있도록 악독해지면 될 일이다.

그러나 그렇게 하는 여자는 드물었다. 특히 사랑에 어색한, 한 가지 목적으로 살아왔던 여자에게는 더더욱 그랬다. 독행마 진천의 마음을 얻기 위해 사랑을 연기해야 했던 백화옥녀 유설이 바로 그런 여자였다.

진천, 강산에 대한 사랑 연기가 진심이 되고부터 한지겸을 대하는 것이 힘들었다. 언제나 같은 자리에서 미소 지으며 서 있는 그에게 너무도 미안한 마음뿐이었다.

항상 일관된 마음을 보여준 그는 마지막까지도 그녀를 위해 희생했다. 무림의 연합된 세력들의 앞을 목숨 걸고 막아준 것이다.

잡지 못했다. 강산이 그들 손에 죽도록 두기 싫었기에, 구천귀혼대회진을 완성해야 했기 때문에.

"미안했지."

그래, 미안한 마음이었다. 고마웠다. 하지만 사랑하는 마음은 아니었다.

"이제는 미안해할 필요 없어."

이서경이 몸을 벌떡 일으켰다. 햇빛이 들이치는 창가에 누군가가 서 있었다. 익숙한 모습이었다.

"지… 겸?"

"생각보다 잘 버티더군. 하마터면 고독이 자리 잡지 못하고 죽을 뻔했어."

그녀의 무공도 진일보했다. 절정에 이른 무공 수위가 고독의 힘을 억눌렀다.

고독이 체내에 진입하자 그녀의 내공이 움직이며 저항하기 시작한 것이다. 그건 무인의 본능이었다. 스스로의 육체와 정신을 지키기 위해 내공이 저절로 운기된 것이다.

지겸은 강력한 내공의 반발을 제거하고 고독을 지키느라 이틀 밤을 잠 한숨 자지 못하고 곁에 있어야 했다. 조금이라도 힘의 조절이 실패하면 고독도 죽고 그녀도 다치기 때문이다.

그게 힘들었냐고?

전혀. 오히려 시간이 흐르고 흘리는 땀의 양만큼 기대감이 커졌다.

그녀를 내 것으로 만들게 되었다는 기대감!

"한지겸."

이서경의 목소리에 한기가 서렸다. 그녀의 내공이 움직이며 극음지기가 사방으로 퍼져 갔다.

"네가 감히!"

"진정해."

지겸의 말이 떨어지기 무섭게 요동치던 내공이 안으로 갈무리 되었다. 갑작스런 상황에 당황하는 것도 잠시, 이서경은 전력을 다해 심법을 행했다.

"소용없어. 이미 고독은 확실하게 자리 잡았다."

이서경이 이를 갈았다.

"이게 무슨 짓이야. 이런다고 내 마음이 달라질 것 같아?"

한지겸이 멋쩍게 웃으며 머리를 긁적였다.

"글쎄. 그건 두고 봐야 아는 거지."

"흥, 이딴 어설픈 고독 따위……."

"어설픈 고독 따위?"

그녀의 안색이 하얗게 질렸다.

"이건, 이건."

"그래. 고독에 잠식된 것 치고는 상태가 이상하지?"

고독은 숙주의 자율성을 통제한다. 고독을 심은 술자에 대한 적대적 감정이 발산될 때마다 죽을 만큼 지독한 고통을 주게 마련이다.

그런데 지금 이서경에겐 어떠한 고통도 생기지 않았다.

"백령(魄令) 고독이라고 알려나? 천천히, 혼백 깊숙한 곳까지 영향을 끼치는 녀석이지."

아무런 흔적도 없이, 자신도 모르는 사이에 서서히 마음이 변해간다. 고통을 줄 필요도 없다. 시간이 흐르면 진심으로 술자를 받아들이게 되니까.

그렇다고 그런 상황을 제삼자에게 말하지도 못한다. 백령고독이 자리 잡은 순간부터 숙주의 의지는 무력화된다. 관련된 이야기를 하려고 하면 생각이 나지 않는다.

그냥 그런 거다. 말하려 하면 떠오르지 않고, 술자와 있을 때에만 기억나는.

강산의 앞에서는 이서경은 평소처럼 행동할 것이다. 술자에 대한 과잉충성도 없을 것이요, 강산에 대한 마음이 사라지는 것도 아니다.

그저 조금씩, 마음이 옮겨가게 되는 것이다. 그 상황을 술자와 함께 있을 때에만 자각하며, 그것 자체로 끔찍한 경험이 된다. 다 알고 있지만 돌이킬 수 없는 변화를 스스로 지켜봐야 하는 셈이다.

원치 않는 마음을 품어가는 자신의 모습에 좌절하며, 의지는 더욱 약해진다. 그리고 자포자기하는 순간, 숙주의 마음은 완전히 돌아서게 된다.

"앞으로 보름."

한지겸의 미소가 여느 때보다도 소름끼치게 느껴졌다.

＊　　　＊　　　＊

딱, 딱.

요란한 껌 씹는 소리가 천기뇌가 연무장에 울렸다.

"꼬락서니 하고는."

수는 침을 질질 흘리며 넋을 놓고 있는 묘가 한심했다. 무
공 좀 익혔다고 기고만장해서 까불던 녀석이다. 마지막까지
임무는 완수한 것 같지만, 싸가지가 바가지라 마음에 들지 않
았다.

"천방지축으로 까불다간 병신 될지도 모른다 했었지?"

수는 발끝으로 툭, 툭 묘를 건드렸다.

평소에도 틈만 나면 대들던 녀석이다. 그런 주제에 겁은 많
아서 손 좀 봐주려 하면 냅다 줄행랑을 놓는다.

뛰어난 작전수행 능력이 아니었다면 벌써 팽을 당해도 골
백번은 당했을 거다.

"이거 고칠 수는 없겠지?"

"그가 손을 쓴 거다. 힘들 거야."

왼쪽 눈에 검상이 있는 남자, 수가 팀장이라 부르는 남자가
대답했다.

"병신 같은 새끼. 챙겨."

수의 지시에 움직인 것은 진서형이었다. 그는 딱딱하게 굳
은 얼굴로 묘를 들어 어깨에 걸쳤다.

"이제 그가 어떻게 하려나."

수와 묘, 그리고 그들이 팀장이라 부르는 무룡.

이 셋은 한지겸의 수하였다. 한지겸이 오랜 시간 공을 들여 키운 그의 수족으로 죽으라는 명령까지도 웃으며 수행할 자들이었다.

지겸은 이들에게 강산의 주변을 치우라고 했다. 철저하게 강산을 고립시키는 일, 그것이 이들의 임무였다.

*　　　*　　　*

올마이티 챌린지의 사고가 매스컴에 연일 오르고 있었다. 갑자기 난입한 괴한들의 정체를 두고 여러 의견이 분분했다. 그런 와중에 경찰의 발표가 있었다.

―괴한들의 정체는 서울양생파의 조직원들로, 이들은 자신들이 운영하고 있는 업체와 세계 챔피언인 강산 선수와의 계약이 이루어지지 않자 이에 앙심을 품고…….

무슨 업체인지, 어떤 계약인지는 중요하지 않았다. 언론은 지금까지 물어뜯지 못해 억울했다는 듯이 카더라 통신을 쏟아내기 시작했다.

강산의 소속사인 화이트 프로모션은 침묵으로 일관했다.

그것이 더욱 사람들의 의심을 부추겼다.

무반응으로 일관하자 언론과 사람들의 관심이 조금씩 가라앉았다. 경찰도 계속 수사만 지속할 뿐, 이렇다 할 결과를 내놓지는 않았다.

그런 와중에 또 하나의 기사가 터졌다.

세계 챔프의 이중성, 깡패를 양성하다!

기사는 천기뇌가 자리한 빌딩에 대해서였다. 붉게 물든 실내—연무장—사진과 함께 강산의 명의로 된 건물이라는 설명이 있었다.

인근 상인의 인터뷰 또한 강산에게 불리했다.

—험악한 인상의 사람들이 자주 들락거렸어요. 얼마나 무섭던지. 그중에 있었죠(강산 선수가). 처음에는 몰라봤었는데, 몇 번 보니까(강산 선수가 맞더라)…….

—가끔 비명도 들렸어요. 원체 작은 소리라 긴가민가했었죠. 그래도 자주 듣다 보니 (비명인지)알겠더라고요.

강산은 이런 소식들을 병원에서 알게 되었다. 이서경은 그날 이후로 보이지 않았고, 정경배 또한 처음 왔을 때 외에는 찾아오지 않았다.

경찰은 강산을 주요 참고인으로 정하고 가족과의 면회도 하루 한 번, 1명만으로 제한했다. 철저하게 외부와 격리시킨 것이다.

그리고 오늘은 경찰에서 조사까지 나왔다.

"강산 씨. 솔직하게 말하세요. 그들과 무슨 일을 하려고 했죠?"

처음에는 부드러운 태도로 일관하던 형사가, 강산이 계속해서 입을 다물고 있자 점점 고압적이 되어갔다.

"이미 녀석들이 다 불었어. 당신 계속 이런 식으로 나오면 좋을 거 없어. 이번 사건은 다수의 선량한 시민들이 죽거나 다쳤어. 이만큼 수사를 조용히 진행하고 보호해 주는 것도 다행으로 알라고."

조용히 진행해? 보호를 해줘?

웃기는 얘기다. 이미 언론에 뿌려졌고 기자들은 자신과 인터뷰를 하려고 혈안이 되어 있다. 보호를 하는 것이 아니라, 쓸데없는 말이 새어 나가지 않도록 막는 것이다.

이런 일은 이미 회귀 전에 숱하게 겪어보았다. 한 사람을 사회적으로 매장하고 자리 잡은 터전에서 들어내는 일. 그때는 모조리 부숴 버렸다. 힘으로.

이번에도 그럴까?

아니다. 아직 그럴 때는 아니었다. 그에게는 가족이, 친구들이 있었다.

"이거 참. 안 되겠네. 이봐. 이미 다 알고 왔어. 당신 다친 곳도 없다면서? 이미 병원에도 확인했어. 양생파와 아무런 연관이 없다면 멀쩡할 수가 없잖아!"

강산의 얼굴이 처음으로 일그러졌다. 만약 밖에서 익숙한 기운이 느껴지지 않았다면 한바탕 살풀이를 했을지도 모른다.

"그쯤하시죠."

묵직한 음성의 남자는 말끔한 수트 차림에 서류 가방을 하나 들고 있었다. 그의 뒤에는 신하윤이 보였다.

"뭡니까?"

"장태현이라고 합니다. 강산 씨의 변호사죠."

장 변호사가 명함을 내밀었다. 그걸 받아든 형사의 인상이 사정없이 구겨졌다.

"유전무죄라더니."

죄가 있어도 없게 만들어 준다는 국내 최고의 장앤고 로펌. 그중에서도 불패의 변호사로 널리 알려진 장태현이었다. 형사는 퉁명스레 몸조리 잘하란 말을 남기고 병실을 나섰다.

"산아."

하윤은 많이 초췌해진 얼굴이었다. 지친 기색이 역력한 그녀가 침대로 다가와 강산의 손을 잡았다.

"미안해. 좀 늦었지?"

일이 터지자마자 하윤은 곧바로 이서경을 찾았었다. 그러나 그녀의 종적은 찾을 수가 없었고 연락조차 되지 않았었다.

처음에는 정경배도 걱정이 가득한 것이, 이서경의 행방을 모르는 것 같았었다. 하지만 이틀이 지난 후에 정경배는 심각한 얼굴로 나타나 자신을 해고하고 일방적으로 일을 처리하기 시작했었다.

이서경이 지시하지 않았다면 그렇게 움직일 리가 없었다. 이해할 수 없는 상황에서 신하윤은 겨우 이서경과 연락을 취할 수 있었다.

"신하윤 씨. 강산 씨와의 계약은 파기하기로 했습니다. 그가 불미스러운 일로 회사의 이미지를 실추시켰을 경우에는 파기가 가능하고 손해배상까지 청구할 수 있다고 계약서에 명시되어 있어요. 그리고 당신은 강산 씨의 담당으로서, 사전에 이러한 일을 방지하지 못한 책임을 물어 해직 처리된 겁니다. 앞으로 연락하지 말았으면 좋겠네요."

차가운 그녀의 말에 신하윤은 분노가 치밀었다. 당장 찾아가 따지려 했지만, 그간 느끼지 못했던 그녀와의 격차를 실감

했을 뿐이다.

언니, 동생으로 지냈어도 이서경은 재벌가의 오너다. 신하윤은 그녀의 근처에도 접근할 수 없었다.

"얼굴이 안 좋네."

강산은 하윤이 잡은 손에 부드럽게 힘을 주었다. 세상 무서운 줄 모르던 신하윤이 지금은 두려워하고 있었다.

"당연하지. 많이 다친 줄 알고 얼마나 걱정했었는데."

"미안해. 미처 연락을 못 했다."

"이런 상황에서 어떻게 연락을 해."

"그러네."

강산이 멋쩍은 미소를 보였다. 병원에 오기 전에 가족부터 찾는 바람에 연락을 못했다. 그것이 마음에 걸렸다.

"강산 씨. 처음 뵙겠습니다. 강산 씨의 변호를 맡게 된 장태현 변호삽니다."

"제 변호를?"

"네. 현재 강산 씨는 살인 용의자로도 지목이 된 상황입니다."

"살인이라뇨."

"당시 현장에 나타난 조폭들은 모두 죽었습니다. 대외적으로는 극단적인 반항과 불법총기까지 동원한 그들을 경찰이 사살한 것으로 되어 있습니다만……."

장태현은 강산의 눈을 가만히 들여다보았다.

"혹시 강산 씨가 그들을 살해한 겁니까?"

정말… 재밌는 세상이다. 졸지에 살인자, 이 정도면 살인자보다는 살인마에 가깝겠다.

"살해라. 몇몇 머리를 날리긴 했죠."

놀라겠지, 강산은 그리 생각하며 장태현을 바라봤다.

"그렇군요."

하지만 장태현은 놀라지 않았다. 오히려 담담하게 고개를 끄덕이며 수긍할 뿐이다.

"정황상 조폭은 일반인도 무차별적으로 살해했습니다. 강산 씨 또한 생명의 위협을 받으셨겠죠. 이건 정당방위로 충분히 몰아갈 수 있는 부분입니다."

장태현은 가방에서 태블릿을 꺼냈다.

"강산 씨의 변호를 위해 사건을 조사하던 중에, 재밌는 것을 발견했습니다."

태블릿에서는 영상이 나오고 있었다. 그건 강시와 설영칠객이 싸우는 모습, 그리고 강산이 강시를 처리하고 이여령과 싸우는 모습이 담겨 있었다.

"정부에서는 무언가를 열심히 숨기는 눈치더군요."

"이건 어떻게 찾았습니까?"

"제가 국제 변호사라서 인맥이 좀 많습니다. 현장의 카메라들은 모두 망가졌지만, 요즘은 하늘에서도 촬영하죠."

무인항공기를 이용한 촬영본이었다. 강산은 쓴웃음을 지었다. 그걸 생각 못하다니……

"이 동영상 덕분에 강산 씨에게는 기회가 주어졌습니다."

"기회라뇨?"

"제가 변호를 맡았다는 거죠."

장앤고 최고의 변호사가 장태현이었다. 그 명성만큼이나 돈이 있다고 아무나 고용할 수 있는 변호사가 아니었다.

하지만 강산은 그런 거 모른다.

"그게 뭐요?"

퉁명스런 반응에도 장태현은 미소를 지었다. 법조계에 관심이 없거나, 법과는 인연이 없는 사람들은 모를 수도 있었다.

'그래도 미끼는 던져야겠지.'

장태현에게는 강산의 변호 외에도 또 다른 목적이 있었다. 그러나 지금 이곳에서 모든 걸 말해줄 수는 없었다.

"당신에게 관심을 갖는 곳이 있습니다. 강산 씨가 안목을 조금만 넓게 가진다면 행운이라고 할 수 있죠. 자세한 이야기는 따로 자리를 마련해서 했으면 합니다. 우선 이곳에서 나가는 게 먼저겠지요."

장태현은 태블릿을 챙기고 손을 내밀었다.

"강산 씨. 이미 대하그룹 측에서는 손을 놨습니다. 어쩌면 당신에게 다른 선택지도 있겠지요. 하지만 제 손을 잡으시는 것이 최선이 아닐까 합니다. 물론 지금 모든 걸 결정하란 것은 아닙니다. 서로간의 신뢰도 있어야 하니까요. 당장은 절 변호사로 선임하시는 것부터 시작하시죠. 나머지에 대해서는 차차 이야기를 나누면서 협의를 했으면 합니다."

대하그룹에서 손을 놨다라. 아마 그럴 거라 생각은 했었다. 그렇지 않았다면 지금과 같은 상황이 되지는 않았을 테니까.

우선은 당면한 과제부터 해결해야 했다. 장태현이라는 자의 손을 잡는 것이 악마와의 계약이라 해도 상관없다.

'네가 악마라면 나 또한 천마가 되어주지.'

잠시, 강산이라는 이름을 놓으면 되는 일이다.

강산은 장태현의 손을 잡았다.

"좋아요. 일단 잘 부탁하죠."

"현명한 선택이십니다."

악수를 한 장태현은 다시 서류철 하나를 꺼냈다.

"그럼 절 변호사로 선임한다는 계약서부터 살펴보시죠. 수임료는 1억, 성공보수 10억입니다."

"……"

돈이야 그럴 수도 있다. 어쨌거나 어려운 사건인 건 분명하니까. 그저 조금 황당해서다. 손을 잡네, 어쩌네 하면서 돈을 받을 줄은 몰랐다.

"일은 일 아니겠습니까?"

그렇다. 일은 일이다.

"그리고 돈은 돈이고."

"네?"

"카드 되나요?"

"강산 씨."

"농담입니다."

진심은 100년 무이자 할부로 긁는 거다.

4장
적이냐 아군이냐

매듭이 꼬여 있으면 하나씩 풀어야 한다. 억지로 풀려 하면 실은 끊어지고 만다.

강산은 환자의 본연을 지키는 것부터 하기로 했다.

'다치지 않았다고 시비라니.'

말도 안 되는 트집이다. 애당초 처음부터 지금까지 모든 것이 생트집이나 다름없다.

세계적인 스포츠 스타가 조폭과 손을 잡는다?

왜? 뭘 하러?

파이트머니만 백억 대다. 1년에 한 경기만 뛰어도 평생을 놀고먹을 돈을 버는 사람이 강산이다. 그런데 뭐가 아쉬워서 조폭과의 거래를 하겠는가?

하긴, 처음 사건에 대해 보도된 내용은 그런 것이 아니었다.

조폭이 운영하는 기업에서 강산과의 계약을 원했다가 거절당하자 그에 앙심을 품고 일을 벌였다, 라는 것이 언론의 보도였다.

지금은 어디론가 사라진 내용이다. 대신 강산이 조폭을 키우고 있다는 카더라 통신만 난무하고 있었다.

통신매체가 발달하면서 언론 조작이 쉬워졌다. 보여주고 싶은 것만 보여주고, 알아선 안 되는 내용은 지워 버리거나 감춘다.

완벽하다고는 할 수 없지만 충분히 통제가 가능했다.

아무것도 모르는 사람들은 그저 그런가 보다 하게 마련이다. 강산의 골수팬들은 그나마 나을지도 모르지만, 그들조차 이번 대회에서 끔찍한 일을 겪고 말았다.

분노와 슬픔이 앞선 사람들을 선동하는 일은 어렵지 않았다. 현재 사람들은 강산이 다친 곳이 없다는 이유만으로도 벌써 색안경을 끼고 보고 있다.

그렇다면 아파주면 된다.

"이게 대체······."

의사는 당황스러웠다. X-ray와 MRI촬영까지 확인했다. 당시에는 다친 곳이 없었다.

그런데 지금은 아니었다.

"아프다니까요."

강산은 인상을 찡그리며 팔을 살짝 들어보였다. 붓기가 심한 것이 단순한 타박상으로 보이지는 않았다. 게다가 팔만 그런 것이 아니었다.

"어떻게 된 겁니까? 정상이라면서요."

장태현이 날카로운 눈매로 의사를 추궁했다.

"이거 참. 분명히 검사는 철저히 했습니다. 다친 곳은 전혀 없었는데······."

"강산 씨의 상태를 보고도 그런 말이 나옵니까?"

"일단 다시 검사를 해봐야겠습니다."

대략적인 진단으로는 뼈에 손상을 입은 것으로 보였다.

혹시 자해를 한 걸까?

의심은 가지만 확신은 없었다. 세계적인 스포츠 스타가 스스로의 몸을 망가트릴 가능성은 적어 보였다.

"만약 병원 측의 잘못이 있다면 강산 씨의 변호사로서 그냥 넘어가지 않을 겁니다."

장태현은 차갑게 말하며 의사를 내보냈다. 의사가 나가자 그의 얼굴에 냉기가 사라지고 호기심이 자리했다.

"신기하군요."

상처가 없으면 만들면 된다. 이미 과거 시비를 걸던 녀석들을 상대로 한 번 써먹어 합의금도 받아냈었다. 처음이 힘들지, 두 번은 그리 어려운 일도 아니었다.

실제로 뼈에 금이 가게하고 근육을 뒤틀었다. 전치 4~5주는 너끈히 나올 상처였다.

조금은 무리한 감이 없지 않아 있었다. 심법을 운용해 자가치유에 걸리는 시간이 이틀에서 삼 일 정도 걸릴 테니까 말이다.

최후에 웃기 위해서 자존심을 굽히는 일은 이제 쉬운 일이었다.

"아프지는 않습니까?"

"고통은 익숙합니다."

무림에서 상처 입는 일이야 흔한 일이다. 육체의 고통쯤은 강산에게 아무런 영향도 미치지 못했다.

"병원을 옮길 겁니다. 저희 쪽에서 한국 정부와 협상을 진행하는 동안 그곳에서 쉬시면 됩니다."

"할 일이 있습니다. 병원에만 있을 수는 없는데요."

"남들 눈에 뜨이지 않고 다니실 수 있으면 상관없습니다. 병실은 특실로 배정할 예정이고 저희 쪽 사람들이 간호를 담당할 테니까요."

강산은 창밖으로 시선을 돌렸다.

'이서경.'

그녀가 변심하게 된 이유. 그것을 알아야만 했다.

*　　*　　*

화이트 톤으로 꾸며진 사무실 의자에는 이서경이 앉아 있었다. 모니터를 바라보는 그녀의 눈썹이 희미하게 떨리고 있었다.

'강산⋯⋯.'

사랑이라고 생각했었다.

그와 모든 것을 공유하고 싶었고 나누고 싶었다.

하지만 지금은 사랑이라고 확신할 수가 없었다.

딸칵.

문이 열리며 그가 들어왔다.

한지겸.

강산에 대한 마음이 오롯한 사랑이 아님을 의심하게 만들어 준 남자다.

"이제 화 좀 풀렸어?"

한지겸의 목소리에는 웃음기가 가득했다.

"예나 지금이나. 당신의 검은 피하기 어렵다니까."

며칠 전. 두 사람은 생사결에 가까운 비무를 했었다. 비무라고 말하기도 민망하긴 했다. 감정이 격해진 이서경이 일방적으로 검을 휘둘렀으니까.

"왜 왔어?"

"보고 싶어서 왔지."

망설임 없는 대답에 이서경의 미간이 살짝 좁혀졌다.

"몸은 괜찮아?"

"이 정도야 뭐."

한지겸은 이서경보다 강했다. 그 간극은 요행으로도 메꿀 수 없을 만큼 커다랬다.

그런 그의 가슴을 이서경의 검이 꿰뚫었었다.

"삼도천 한두 번 가보나. 정사연합 일천의 공세도 막아낸 나라고."

독행마 진천의 멱을 따겠다고 몰려든 일천 명의 고수. 그들의 맹공격도 막아냈던 한지겸이다. 피육을 다치는 정도는 그의 생명을 위태롭게 하지 못한다.

한지겸은 이서경의 곁으로 다가와 그녀가 보고 있던 모니터를 들여다봤다.

"흠. 녀석. 고생 좀 하겠네."

모니터에는 강산과 관련된 기사들이 가득했다. 대다수가

좋지 않은 보도 내용이었다.

"이렇게까지 해야겠어?"

지겸은 안타까운 목소리로 말했지만, 그의 속마음은 달랐다. 좀 더 강산을 궁지에 몰기를 원하고 있었다.

"서경아. 네가 조금만 도와주면 좋잖아."

"도움?"

이서경의 눈매가 가늘어졌다.

"애초에 누구의 도움도 필요하지 않은 사람이 그였어."

중원에서는 그를 위해 무얼 해줘도 고맙다는 말 한마디 듣지 못했었다. 오히려 귀찮아하는 기색일 때가 많았다.

지금이야 많이 달라졌다지만, 강산은 진천과는 달랐다. 항상 혼자 지냈던 진천은 사라지고, 지금 그의 곁에는 다른 사람들이 존재하고 있었다.

그리고 신하윤이란 아이와 자신을 두고 저울질하는 그가 원망스러웠다.

어떻게 그럴 수가 있을까.

목숨까지 버려가며 희생한 자신을 두고, 강산은 핏덩이 같은 아이에게 정을 주고 있었다. 그런 그에게 자신이 얼마나 더 희생해야 할까?

"녀석이 찾아오면 어떻게 하려고?"

"올 테면 오라지."

예전과 같다면 나도 가만히 있지 않을 거야.

이서경은 양손을 말아 쥐며 입술을 꾹 다물었다.

*　　　*　　　*

국정원장의 방으로 향하는 강창석의 손에는 USB 메모리가 들려 있었다. 그는 비장한 얼굴로 원장실의 문을 두드렸다.

"들어오게."

문을 열고 들어가자 서재처럼 꾸며진 내부가 보였다. 국정원장은 안락해 보이는 의자에 몸을 기대고 책을 보는 중이었다.

"여유로워 보이시는군요."

"유능한 인재들이 많으니까 할 일이 없더군."

"가끔 현장에 나가신다는 소문이 들리더군요."

국정원장이 보던 책을 덮으며 편안한 미소를 보였다.

"골방 늙은이는 되기 싫으니까."

국정원장은 현장요원에서 원장에 이른 입지전적인 인물이었다. 대게 정치권에서 입맛에 맞는 사람을 앉히는 것과는 달랐다.

"어떤가. 다시 예전처럼 일해 볼까?"

국정원장의 현역 시절 파트너였던 강창석은 작게 한숨을

내쉬었다.

"연세를 생각하셔야죠. 저도 이제 예전 같지 않습니다."

"나이는 중요치 않아. 열정과 연륜으로 커버하면 되잖은가."

"그래도 젊은이들만 못합니다."

"엄살은. 그거 빼내기가 만만치 않았을 텐데 말이야."

원장의 시선이 강창석의 손에 쥐어진 USB 메모리로 향했다.

"이미… 알고 계셨습니까?"

"전우니까."

함께 사선을 넘으며 우정을 쌓은 두 사람이다. 국정원장이 일견 강창석에 대해 신경을 쓰지 않는 것 같으면서도, 원장은 언제나 옛 파트너의 편의를 봐주고 있었다.

"하긴. 자네도 늙긴 늙었어. 애들한테 꼬리를 잡히다니."

국정원의 정보실은 독립적 구조로 되어 있다. 출입자는 엄격히 제한되며 정보 열람 또한 등급에 따라 나뉘어져 있다.

강창석은 그곳을 조용히 침투했다고 생각했었는데, 아무래도 보안팀에서는 다 알고 있었던 것 같다.

"자료는 거기에 있는 것이 전부겠지?"

원장의 오른쪽 눈썹이 살짝 올라갔다. 그것은 일종의 신호, 강창석은 그의 뜻대로 대답하기로 했다.

"네. 이 내용에 대해서 원장님이 알고 계신건지 여쭙고자 했습니다. 복사본은 따로 두지 않았습니다."

"내부 고발이라도 할 셈이었나보군."

"그렇습니다."

국정원장은 안경을 벗어 책상 위에 올려두었다.

"우리가 알고 지낸 것도 벌써 삼십여 년이 흘렀군. 원래대로라면 중징계를 해야 마땅하지만, 그간의 공을 생각해서 징계 수위를 조절할 생각이네."

"원장님. 이 내용은……."

"알고 있네. 시체를 살리는 프로젝트. 천종설 그 친구가 실수도 했고."

"대체 이런 걸 왜 승인하신 겁니까?"

"승인?"

국정원장이 웃음을 터뜨렸다.

"승인이라니, 오해로군."

오해라는 말에 강창석의 표정이 밝아졌다.

"역시 원장님은……."

"어떤 간 큰 요원이 그런 프로젝트를 건의하겠어. 그건 말일세. 내가 시킨 일이네."

강창석은 자신의 귀를 의심했다.

"…시키셨다고요?"

"그래. 강시라는 거. 나도 알고 있는 거거든. 자네 아들처럼 말이야. 단지 자네 아들과 나는 조금 달라서."

국정원장은 의자 깊숙이 몸을 기댔다.

"나도 무림이라는 곳과 무관하지 않거든."

"무공을… 아십니까?"

"이런 거 말인가?"

국정원장의 손이 접객용 테이블 위로 뻗었다. 그러자 테이블 위에 있던 재떨이가 날아와 손에 잡혔다.

그 광경을 본 강창석의 눈이 커다래졌다.

"격공섭물이란 걸세. 경지에 이르지 못하면 할 수 없는 재주지."

"제 아들에 대해서도 이미 알고 계신 겁니까?"

"알고는 있지."

"혹시 천기뇌가란 곳과……."

"천기뇌가라."

듣도 보도 못 한 곳이다. 강산이란 녀석이 만들어낸 곳이겠지. 그게 이번 일에 얽여 일을 꼬이게 만들었을 테고.

그러한 것을 강창석에게 말해줄 필요는 없었다. 아직은 모르고 있는 편이 좋았다.

"비슷하지."

강창석이 침을 꿀꺽 삼켰다.

"말씀해 주십시오. 원장님은 제 아들과 협력적 관계를 원하십니까, 아니면……."

비슷한 성격의 세력이라면 서로 경쟁을 하는 것이 일반적이다. 천기뇌가와 비슷한 곳이라니 분명 라이벌, 아니면 동맹일 가능성이 크다.

만약 국정원장이 천기뇌가의 적이라면 위험한 일이다. 긴장이 되는 것은 당연했다.

"흔히 이럴 때 쓰는 말이 있지. 영원한 아군도, 영원한 적군도 없다."

"그 말씀은?"

"한 번쯤 만나보고 싶었다네. 자네 아들하고 말이야."

5장
원한다면

역용술.

보통은 인피면구를 사용해서 다른 사람의 모습을 하는 것을 말한다.

하지만 강산은 인피면구가 없어도 모습을 바꿀 수가 있었다. 만변화용술은 역용술을 무공으로 승화시킨 절기로, 근골과 근육까지 변화를 줄 수 있었다.

강산은 전혀 다른, 어디서나 흔하게 볼 수 있는 특징 없는 남자의 모습을 하고 있었다. 지나가며 보게 된다면 쉽게 잊을 법한 얼굴이었다.

그런 얼굴로 이서경이 있는 곳 앞에 섰다. 높은 빌딩이 철옹성처럼 느껴졌다.

그래서 주눅이라도 들었냐고?

천만에.

철옹성마저 무너트리는 존재가 바로 독행마 진천이었고, 그것은 지금도 다르지 않았다.

'조용히.'

하지만 무턱대고 무력행사를 할 생각은 없었다. 강산은 잠행술을 펼치며 남들 눈에 뜨이지 않게 빌딩으로 들어섰다.

이서경의 기척은 분명하게 느껴졌다. 대략 30층 정도에 그녀가 있었다. 그리고 그녀와 함께 익숙한 또 하나의 기운이 있었다.

'한지겸.'

두 사람이 함께 있다는 사실이 마음을 씁쓸하게 만들었다. 오랜 인연으로 이어졌던, 가장 믿을 만하다 여겼던 존재들이 등을 돌린 것일지도 모르기 때문이다.

그들이 등을 돌린 것이라면 어떻게 해야 할까?

중원이었다 하더라도 단칼에 베어버릴 자신이 없었다. 이서경과 한지겸은 그만큼 강산에겐 남다른 존재였다.

'우선 이야기를 들어봐야겠지.'

발걸음이 무거웠다. 단숨에 뛰어 올라가 추궁하고 싶었지만, 그 결과를 마주해야 한다는 사실이 꺼려지고 있었다.

하지만 피한다고 해서 될 일이 아니다. 곁을 떠나겠다면 놓아줄 용의도 있었다. 배신을 했다면… 그에 합당한 대가를 치르게 하면 되었다.

'배신이라. 중원에서도 하지 않은 짓을 여기서 하려는 거냐?'

배신을 위해 접근한 두 사람, 그러나 결국 죽음마저 함께할 정도의 친우가 되었었다.

그러니 부탁이다. 나에게 검을 겨누지만 말아다오.

이서경은 자신의 사무실에 앉아 아랫입술을 깨물고 있었다. 상황은 반전되어 강산에 대한 조사가 정당하게 진행되고 있었다.

"누굴까?"

알 수 없는 제3자의 개입이었다. 강산은 다른 병원으로 이송되었고 섬경의 수사는 답보 상태가 되었다.

"글쎄. 내 정보망에도 걸리질 않아서."

"변호사가 장태현이야. 미국 월가에서도 유명한 변호사라고. 돈만 보고 움직일 사람이 아니야."

"그럼 미국에서 움직였나 보지."

지겸은 대수롭지 않다는 표정이었다. 서경은 그런 그를 보자 화가 났다.

"강 건너 불구경하려는 거야?"

"그냥 그렇다고. 그리고 너무 신경 쓸 것 없잖아? 미국에서 야 스포츠 스타에 대한 대접이 남다르니까. 미국의 권력가 중에 하나가 강산의 팬인가 보지."

"마음에 안 들어."

고독으로 인해 마음이 변하게 된 이서경이다. 강산에 대한 애정이 애증이 되어 시간이 흐를수록 깊어만 갔다.

처음에는 단순하게 도와달란 말, 미안하단 사과 정도만 받으려고 했었다. 갑작스런 훼방만 아니었다면 그 정도 선에서 정리할 생각이었다.

이렇게 되면 강산은 이서경의 도움이 필요 없게 된다. 그건 그녀가 원하는 바가 아니었다.

"누군지 알아야 해. 지겸. 알 수 없겠어?"

"서경아. 알아내면 어쩌려고. 그냥 이쯤에서 그만둬. 중원의 인연은 이걸로 마치자. 강산은 강산으로 살게 두고."

"그럴 수 없어."

한지겸이 고개를 저으며 한숨을 내쉬었다.

"그러지 말고. 장경배 본부장에게 맡겨두고 해외로 바람이나 쐬러 가자. 넌 지금 휴식이 필요해."

고독의 효과는 탁월했다. 하지만 예상치 못했던 문제가 있었다. 강산에 대한 기억이 함부로 행동하지 못하게 만든 것이었다.

이서경은 손수 손을 쓰지는 않았지만, 강산에 대한 보도에는 극도로 예민하게 반응했다. 자다가도 일어나 인터넷 기사를 살필 정도였다.

"아냐. 이대로 끝낼 수는 없어. 하지만 어떻게 하지? 지금 강산이 찾아온다면 그를 압박할 방법이 없어."

불안했다. 강산에게 다른 조력자가 나타나는 바람에 칼날 없는 칼자루를 쥐고 있는 기분이었다.

"서경아."

한지겸은 불안해하는 이서경의 곁으로 다가가 그녀의 어깨를 감싸주었다.

"그만하자. 이제 됐어. 강산이 네 마음을 받아주지 않은 것이 아무리 억울해도 더 이상 뭘 어떻게 해서는 안 돼. 강산은 우리에게 남은 마지막 친우잖아."

"헛소리!"

이서경이 발작적으로 소리쳤다.

"그는 우릴 몸종처럼 취급했어. 환생 후에는 핏덩이 같은 년에게 정신이 팔려서 내가 어떠한 희생을 했는지, 어떠한 마음인지 생각하지도 않고 이래저래 부려먹기만 했어. 그가 우릴 단 한 번이라도 친우라고 생각했다면 이렇게 해서는 안 되는 거였다고!"

한지겸은 이서경을 강하게 끌어안으며 그녀가 진정하도록 내공을 불어넣어 주었다.

"진정해 서경아. 강산은 원래 그런 녀석이잖아. 우리가 이해해야지."

"억울해. 어떻게 그럴 수가 있지? 난, 난⋯⋯."

"두려워하지 마. 넌 그냥 마음을 추스르고 네 삶을 살면 되는 거야. 그가 오면 내가 직접 설명할게. 그가 내 목에 검을 겨눠도 너에 대한 오해는 하지 않도록 할게."

이서경을 품에 안은 한지겸이 비릿한 미소를 지었다.

'강산. 어떻게 할 거냐. 결국 이건 네 잘못이다.'

사무실 창문에 흐릿하게 비치는 그림자, 강산의 모습이었다. 한지겸은 그를 바라보며 이서경의 등을 토닥여 주었다.

'이거 참.'

강산은 입맛이 썼다.

알고는 있다. 이서경과 한지겸이 자신을 위해 얼마나 많은 것을 희생해 왔는지.

하지만 크게 신경을 쓰지는 않았다. 이들은 중원에서처럼 자신의 곁에 있을 거라는 믿음 때문이었다.

그랬다.

언제부터인가 강산은 이들을 신뢰하고 있었다.

중원에서의 마지막 날, 한지겸은 정사연합의 공격을 홀로 막아내었고 이서경은 목숨을 담보로 구천귀혼대회진을 발동시켰다.

그래서였을 것이다. 이들을 전적으로 믿은 것은.

'돌아갈까.'

이대로 떠날까 싶었다. 하지만 미적지근하게 떠나는 것도 그답지 않았다.

놓아줘야 한다면 확실하게. 매듭은 지어야 했다.

"그랬었나."

강산의 목소리에 이서경이 소스라치게 놀라며 자리에서 일어났다.

"사, 산아."

한지겸이 이서경을 보호하듯이 앞으로 나섰다. 그것을 보자니 더욱 씁쓸해졌다.

"앉아. 잠깐 얘기 좀 하려고 들렀으니까."

강산은 아무렇지도 않게 접객용 쇼파에 앉았다. 그러나 두 사람은 여전히 강산을 경계하듯이 서 있었다.

"그게 편하면 그대로 얘기하고."

"…언제 왔어?"

"좀 아까."

"다 들었겠네?"

"본의 아니게."

"······."

잠시 어색한 침묵이 흘렀다. 이서경의 흔들리는 눈동자가 갈 곳을 잃고 있었다.

"후우. 됐다. 충분히 이해하고, 내 잘못도 있으니까 누굴 추궁할 생각은 전혀 없어. 그러니까 걱정하지 말고 편하게 있어."

"산아. 서경이는······."

"알아. 지겸이 너도 많이 변했다고 생각했었는데. 여전하구나."

여전히 이서경을 사랑하는구나, 강산의 여전하다는 말 속에 들어 있는 속뜻에 한지겸이 목덜미를 문질렀다.

"그게 말이지."

"고맙다."

"응?"

"변하지 않아줘서 말이야. 앞으로도 잘 부탁해."

"산아."

강산을 바라보는 지겸의 눈동자에 복잡함이 담기고 있었다.

"그리고 서경아."

"으, 응?"

"미안하다."

이서경의 눈이 커다래졌다.

"하지만 우리 인연은 여기까지다. 네가 나에게서 등을 돌린 일, 서로에 대해서 정리하는 걸로 매듭짓자. 억울해도 어쩔 수 없어. 그냥 그렇게 해."

"강산."

"누구보다 잘 알 거야. 떠나는 건 용납해도 배신은 용납 못해. 그러니까 거기서 멈춰라."

"너 진짜……."

"두 번 말하지 않는다."

강산의 단호한 말에 이서경은 입을 꾹 다물었다.

"그리고."

강산은 자리에서 일어났다. 그녀가 원했던 행동을 해주기 위해서, 그녀의 마음을 조금이라도 풀어주기 위해서였다.

"마지막으로 한 번만 도와줘."

"……!"

"프로모션 관련된 일들 깔끔하게 정리되도록. 내 마지막 부탁이다."

강산이 천천히 고개를 숙였다. 미안함과 고마움을 담아서 진심으로. 그의 생애에 처음 숙이는 고개였다.

몸을 바로 한 강산은 착잡한 미소를 보이며 밖으로 향했다.

한 발, 한 발, 문으로 향하는 그의 걸음이 무거워 보였다.

강산은 문고리를 잡고 잠시 멈췄다.

이 문을 열고 나가면 이들과의 인연도 끝이다.

'아쉽지만 어쩔 수 없지.'

인연이 아니라면 이대로 끝내는 게 맞다. 억지로 이으려다 가는 상처만 켜켜이 쌓일 뿐이다.

"지겸아."

"응?"

"너한테도 마지막으로 한마디 하마."

"어, 그래."

"네가 무슨 생각으로 그랬는지는 충분히 이해하려고 노력해주마. 하지만 그쯤에서 멈춰라. 그러지 않는다면 이해하려 노력한 이상으로 참지 않을 테니까."

지겸의 얼굴이 경악으로 물들었다.

"뭐? 그게 무슨……."

강산은 지겸의 말을 마저 듣지 않고 밖으로 나갔다. 그가 나가고 나자 그제야 이서경이 자리에 무너지듯이 주저앉았다.

"강산……."

이서경의 나직한 목소리가 강산의 이름을 담았다. 멍하니 풀린 눈동자가 문 너머의 강산을 바라보는지, 중원의 진천을 바라보는지, 그녀의 손끝이 잘게 떨리고 있었다.

한지겸은 심각한 얼굴로 강산이 나간 문을 노려보았다.

'멈추라고?'

설마 강산이 알고 있는 걸까?

아니다. 그럴 리가 없다.

강산에게는 이서경과 자신을 빼면 별다른 정보망이 없었다. 지금까지 자신이 준비해 온 것을 그가 알고 있을 확률은 제로라고 해도 과언이 아니었다.

'하지만……'

불안했다.

지겸의 눈에는 강산이 모든 것을 알고 있는 것처럼 보였다.

강산은 밖으로 나오며 만변화용술을 펼쳤다. 그의 신체가 작은 소음을 내며 평범한 남자의 모습으로 변했다.

잠시 걸음을 멈추고 두 친구가 있는 곳을 바라보았다.

'한지겸.'

지겸이 무슨 짓을 하고 있는 것인지, 목적이 무엇인지 명확하게 알지는 못했다. 그런 그가 지겸에게 그런 말을 한 것에는 다 이유가 있었다.

경지에 이른 감 때문이다.

무공의 경지가 깊어질수록 감이 발달하게 된다. 이것은 일종의 예지나 혜안에 가까운 육감이다.

대게는 투로나 다른 무공의 파훼법 같은 것에 특화되게 마련인데, 강산의 경지가 높다보니 그 외에도 눈에 들어오는 것이었다.

그래서 강산은 어렴풋이 느낄 수 있었다. 지금의 복잡한 상황들이 지겸과 연관이 있다는 것을 말이다.

'지겸아. 부디 현명하게 행동하기 바란다.'

적이라면 가차 없이 붙잡아 모든 것을 불게 했다. 하지만 친우이기에, 그리고 어떠한 술수라도 부술 자신이 있기에 경고로 그친 것이다.

강산이 할 수 있는 친우로서의 마지막 배려였다.

6장
초대

소림사.

정도 무림의 태산북두라 불리며 정신적 지주로 자리한 곳이 바로 소림사다. 그렇기에 무림에 몸을 담은 사람이라면 누구라도 연이 닿기를 희망하는 곳이기도 했다.

한지겸 또한 마찬가지였다.

7살 무렵, 소림사의 속가제자로 들어갈 당시만 해도 누구보다 기뻐했다.

어린 나이에도 열정적으로 무공에 매진했다. 밥 먹는 것조차 쉽게 먹지 않았다. 잠을 잘 때조차도 편하게 자지 않았다.

그렇게 하길 3년, 그의 나이 10살 무렵엔 소림 방장마저 진산제자로 삼고 싶어 할 정도였다.

그랬던 그의 운명이 바뀐 것은 그의 나이 서른이 되었을 때였다.

"스승님……."

지겸은 손에 들고 있는 언더락 잔을 들어 천천히 흔들었다. 독한 위스키가 잔 안에서 찰랑였다.

"죽으면 된다 하셨지요. 두 번이나 죽었습니다. 할 만큼 했지 않습니까?"

나이 서른에 무림 최고의 후기지수로 이름을 올렸다. 소림을 대표하는 18나한승조차 그에 비하면 손색이 있다고 할 정도였다.

소림신룡이란 별호를 얻고 무림을 종횡무진하며 협의를 떨쳤다. 사람들은 그의 등장에 환호했고 사마외도는 몸을 숨겼다.

그런 그에게 스승인 무허대사가 죽으라 했었다.

"마인을 성불시키는 것도 불자의 도리이니라. 네 희생으로 수많은 무림동도를 도울 수 있으니, 이 또한 불자가 해야 할 일 아니겠느냐."

18나한의 수장이자 소림 방장의 사제인 무허대사.

언제나 강직하고 깊은 빛을 내던 무허대사의 눈빛이 그 말을 할 때만은 흔들렸다.

무허대사도 싫었을 것이다. 거부하고 싶었을 것이다. 대의를 위해서라지만, 직염은 자신의 대제자였고 모든 이들의 기대를 한 몸에 받고 있는 천고의 기재였다.

하지만 어쩔 수 없었다. 아무나 보낼 수도 없는 일이었다.

그리고 지겸에겐 욕심이 있었다.

"산아. 이제는 내가 더 강하다. 천하제일이란 명예는 내가 가져가겠어."

무공이 좋았다. 강해지는 것이 좋았으며 강호정의와 협을 행하는 것이 좋았다.

하지만 그것이 통하지 않는 자가 있었다.

독행마 진천.

정사가 입을 모아 인정한 천하제일인.

그가 노마(老魔)였다면 그러려니 했을 것이었다. 그러나 그의 나이는 자신과 비슷했고 그의 앞에선 협의를 논할 수가 없었다.

힘이 곧 정의다.

힘의 논리를 관철시킨 희대의 마두에게 강호는 고개를 숙여야 했었다.

군자의 복수는 10년이 지나도 늦지 않는다고 한다. 한지겸은 이서경과 함께 강호무림이 준비한 회심의 한 수였었다.

한지겸은 목적을 위해 모든 것을 버려야 했었다.

소림신룡이란 명호를 버리고 광음소자란 명호를 택해야 했었다. 많은 이들의 선망 어린 시선 대신, 배신자에게 보내는 혐오 어린 시선이 그의 뒤를 쫓아왔었다.

그의 가문 또한 몰락해 갔다. 소림사의 비호가 있었다고 하나, 사람들은 배신자의 가문을 가만두지 않았었다.

그 모든 것을 지겸이 감수하고 참을 수 있었던 것은, 일이 끝났을 때 돌아올 보다 큰 명예와 눈앞에 잠들어 있는 여인 때문이었다.

"서경아."

이미 고독으로 인해 마음이 돌아섰음에도, 끝끝내 육체만은 허락하지 않는다. 그녀는 언제나 선을 긋고 한발 거리를 두고 있었다.

강제로 가질 수도 있었다. 하지만 그건 자존심이 허락하지 않았다.

소파에 잠이 든 그녀를 내려다보며 지겸은 독한 위스키를 단숨에 들이켰다. 손바닥 위에 덩그러니 놓인 잔을 바라보는 그의 눈빛이 스산해졌다.

푸스스스!

투명한 크리스털 언더락이 입자 단위로 분해되며 허공에
스러져 갔다. 본래부터 아무것도 없었다는 듯이 지겸의 손이
텅 비어버렸다.

"이제는 내가 천하제일이야."

살기를 머금고 몸을 돌렸다.

어차피 강산이 눈치챘다면 정면승부를 해야 한다. 세상에
왕은 둘이 될 수 없다. 온전히 자신의 것이어야 했다.

문밖으로 나오자 두 사람이 기다리고 있었다. 수와 팀장이
란 남자였다.

"묘는?"

"깨어나질 못하네요."

"기다릴 시간은 없다."

"네. 어쩔 수 없죠."

수가 어깨를 들썩이며 한숨을 내쉬었다.

"주군. 꼭 이렇게까지 해야 해요? 지금까지의 정보만 놓고
보사면……."

"공허. 준비는 됐나?"

눈가의 검상을 일그러트리며 공허가 이를 드러냈다.

"하명만 하십시오."

공허, 공수, 공묘.

세 사람은 지겸이 공들여 키운 수하들이었다. 그들의 무공

수위는 절정의 경지였고 하나같이 정공 중에서도 가장 패도적인 무공을 익히고 있었다.

수는 아쉬운 얼굴로 한 걸음 물러섰다.

강산은 그냥 놔두면 조용히 살 사람이다. 나라가 무너져도 주변 사람만 무사하면 무신경할 인물이다.

놔두면 된다.

'그리고 내가 가졌으면 좋겠는데.'

수는 능력이 있었다. 무공도 강했고 일을 하면서 남들과는 차원이 다른 부도 쌓았다. 그러다 보니 한가한 시간에는 인생을 즐겼다.

무공이 높다 보니 외모가 남달랐다. 얼굴은 물론이거니와 잡티 하나 없는 피부와 탄력 넘치는 몸매는 남자들의 시선을 사로잡았다.

수는 그런 자신의 매력으로 많은 남자들을 만났다. 그 중에는 재벌가의 아들도 있었고 법조계의 인사도 있었다.

하지만 그래봤자 평범한 사람들이다.

'낮져밤이? 흥이다.'

낮에도 밤에도 그녀에게 이길 남자는 없었다. 돈은 즐기며 살 만큼 있었고 일만 제대로 하면 자유로운 삶이었다.

그녀에게 위해를 가하려 하다간 오히려 목숨을 일을 수도 있었다. 흔적 없이 사람을 죽이는 일쯤은 그녀와 같은 무공의 고수에게는 쉬운 일이었다.

그에 비하면 강산만큼 매력적인 남자는 드물었다.

'요리도 잘하고 말이야.'

지금은 방송에도 나오는 유명한 셰프인 신재숙이 그를 가르쳤다고 한다. 문무만이 아니라 가사에도 일가견이 있는 남자다. 자잘한 남자 백 명을 만나느니, 그 하나만 있으면 좋겠다.

"어쩔 수 없지 뭐."

수의 표정이 어두워졌다.

주군, 한지겸의 명령은 절대적이었다. 그의 뜻에 반할 수는 없었다.

"수."

저만치 앞서가던 허가 수를 불렀다.

딱!

수는 껌을 세차게 씹고 그 뒤를 따랐다.

* * *

집에 돌아온 강창석은 강산을 불러 밖으로 나갔다. 차를 몰고 간 곳은 서초구에 위치한 국정원이었다.

차에서 내릴 때까지 아무런 말도 하지 않던 강창석이 건물에 들어서자 입을 열었다.

"산아. 원장님이 널 보고 싶다는 구나."

"…그렇군요."

"…그게 다냐?"

"보자면 봐야죠."

강산은 어깨를 으쓱이고 말았다.

"녀석."

당연하다면 당연한 일이다. 국정원 원장이 아니라 대통령이 보자고 해도 아무렇지도 않을 녀석이다.

하지만 걱정은 되었다.

국정원장 이원목은 그저 그런 공무원이 아니었다. 얼마 전에야 알게 되었지만, 무림과 관련이 있는 사람이었다.

지금까지 조용히 있다가 이제야 보자고 하는 저의가 무엇인지도 의심스러웠다.

그래도 강산을 데려온 것은, 아들을 믿기 때문이었다.

"별일은 없을 거다. 그저 얘기를 나눴으면 하더라. 그러니 되도록 좋게 이야기를 했으면 좋겠다."

아들도 따지자면 무인이었다. 일반인들은 알지 못하는 초인적인 힘을 지니고 있었다.

남들과 달리 뛰어난 무엇을 지니고 있는 사람들은 자존심이 대단했었다. 돌이켜 보면 국정원장도 현역 시절에 자존심을 굽힌 적이 한 번도 없었다.

보통 자존심을 굽힐 줄 모르는 사람은 사회에서 성공하기 힘든 법이라고들 한다. 하지만 확실한 능력이 있는 사람은 달랐다.

국정원장이 그런 케이스였다. 말단 요원에서 원장까지 올라선 사람이 그였다. 무공을 익혔기에 가능했던 일이리라.

아들 또한 마찬가지였다.

부모의 말은 잘 들었다. 그러나 말을 잘 듣는 것과 자존심을 굽히는 것은 달랐다.

'자존심을 굽힐 일이 없긴 했어.'

강창석은 괜히 웃음이 나왔다. 당연하게 생각했던 아들의 행동들이 지금 와서 생각해 보면 당연한 게 아니었다.

어린아이가 생떼 한 번 쓰지 않았다. 울고 보채고 고집을 피우지도 않았다. 무언가를 가르치거나 크게 혼을 낸 적도 없었다.

언제나 알아서 부모의 기대에 어긋나지 않게 자신의 뜻대로 살아온 것이 강산이었다.

'그래. 자신의 뜻대로였지. 우리 뜻이 아니라.'

대기업에 취업하거나 판검사, 의사, 변호사가 되길 원하는 건 강창석도 마찬가지였다. 하지만 결국 아들의 뜻대로 스포츠를 하게 허락했다.

보통 15살을 지학(志學)이라 하여 학문에 뜻을 두는 시기라한다. 30살은 이립(而立)이라 하며 자신의 인생을 바로 세우는 시기라 했다.

40살은 불혹(不惑)이라 하여 무언가에 홀려 마음이 흔들리지 않는 나이라 했고, 50살은 지천명(知天命)이라 하여 하늘의뜻을 아는 나이라 했다.

강산은 어렸을 때부터 불혹이었다. 어쩌면 70살을 뜻하는종심(從心)이 어울릴 지도 모른다.

적어도 부모인 자신이 보았을 때, 강산은 세상의 법도를 어기지 않고 순리대로 산 것으로 보였으니까.

"아버지."

"응?"

"그 원장님이란 분. 혹시 무인이신가요?"

"녀석, 눈치는 빨라가지고. 그래, 원장님도 무공이란 걸 익힌 사람이라더라."

강산은 주변을 슥 둘러보았다.

"눈치는 아니고요."

"응?"

"괜찮은 녀석들이 꽤 있네요."

강창석은 그제야 주변을 돌아봤다.

'이런 바보 같은.'

아들을 데리고 국정원에 온 탓일까? 주변에 평소 보던 사람들은 보이지 않았다. 알지 못하는 사람들, 그리고 그들에게서 느껴지는 묘한 분위기.

강창석의 긴장감이 서서히 올라가기 시작할 무렵, 강산이 그런 강창석을 나직하게 불렀다.

"아버지."

"응?"

강산이 아버지의 귓가에 대고 나직하게 말했다.

"걱정하지 마세요. 저한텐 한주먹거리도 안 되는 녀석들이니까요."

눈까지 찡긋하며 웃음을 보이는 아들. 강창석은 그 모습에 마음이 편안해졌다.

'허튼소리 할 녀석은 아니지.'

어차피 원장이 다른 마음을 품는다면 막장이다. 국가권력의 한 축을 담당하고 있는 자를 무슨 수로 당해낼까?

"그래도 함부로 때리시는 말거라. 다들 월급쟁이일 뿐이니까."

"네? 아버지, 누가 들으면 아들이 폭력쟁이인 줄 알겠어요."

"말이 그렇다는 거다, 말이."

부자는 실없는 농담을 주고받으며 국정원장실로 향했다.

곳곳에 보이는 사람의 수는 많지 않았다. 하지만 모른 척하거나 딴청을 부리지 않고 강창석과 강산을 지켜보는 모습이 부담스럽긴 했다.

"다들 널 보는 거 같은데?"

"그러게요. 제 실력이 궁금한가 본데요?"

"지금은 참아라."

"지금은 이라뇨?"

"원장이 만약 널 어떻게 하려한다면 그때는 참지 않아도 된다. 나도 가만히 있지 않을 테니까."

"…아버지. 저자들은 아버지가 감당할 만한 자들은 아니에요. 그냥 가만히 계시는 것이……."

가끔 돌직구를 던지는 아들이다. 애비에 대한 배려도 없는 무심한 놈…….

그래도 세상에서 가장 믿음직스러운 것이 강산이었다.

"누가 싸운데? 응원할 거다, 응원."

사람의 인연이란 참으로 알 수가 없는 일이었다. 더구나 인연의 고리가 완전히 사라져 다시는 맞잡을 수 없음을 알고 있는 상황에서, 그 인연의 끄트머리가 눈앞에 나타난다면 누구라도 놀랄 수밖에 없었다.

"아……."

떡 벌어진 어깨와 강인한 턱선이 인상적인 국가정보원 원장 이원목.

정보 수집부터 파괴, 암살까지 해보지 않은 임무가 없다. 하늘이 무너져도 두 눈 부릅뜨고 빠져나갈 구멍을 찾을 사람이 이원목이었다.

베테랑 중의 베테랑인 그가 강산이 방으로 들어서자 경악과 불신, 놀람의 감정을 고스란히 드러내고 있었다.

아니, 정확히는 강산이 방을 들어서며 뿜어낸 마기를 접한 직후부터였다.

마기는 일종의 인사치레였다.

무공을 익힌 녀석들을 잔뜩 풀어놓은 일에 대한 답례랄까?

이런 일에 대해서는 뒤끝이 있는 강산이다. 이에는 이, 힘으로 압박하려 했으니 그에 합당하게 힘으로 눌러준다. 그게 강산이 마기를 뿜어버린 이유였다.

강산은 어지간한 고수라면 숨통이 막힐 정도로 마기를 집중시켰다. 새하얗게 질리리라 생각했는데, 전혀 다른 반응이었다.

'뭐지?'

강산은 미간을 좁히며 이원목의 무공 수위를 살폈다. 강하다, 못하다 정도가 아니었다. 강산이 살피면 어떤 종류의 무공을 익혔는지까지 알 수가 있었다.

한차례 탐색을 마친 강산은 속으로 웃을 수밖에 없었다.

'마인이라니.'

보통 마인이라 하면 마공을 익힌 무인으로 생각한다. 하지만 강산이 말하는 마인은 조금 달랐다. 천마신교에서 인정한 정통 마공을 익힌 자를 뜻했다.

눈앞의 사람은 천마신교에서 인정한 마공 중에서도 상급에 속하는 마공을 익히고 있었다.

"원장님?"

강창석이 조용히 이원목을 불렀다. 이원목이 이처럼 당황스러워 하는 모습은 처음이었다.

이원목은 그제야 정신을 차렸다.

"아, 강 팀장. 그 젊은이가 자네 아들인가?"

"네, 그렇습니다. 저… 괜찮으십니까?"

"뭐가?"

"안색이 안 좋아보이셔서 말입니다."

"아냐, 아냐. 별일 아닐세. 그나저나 내 잠시 단둘이 대화를 하고 싶네만. 자리를 좀 피해주겠나?"

이원목의 어색한 웃음이 못내 걸렸다. 하지만 자리를 피하지 않고 버티기도 애매했다.

"아버지, 괜찮아요. 잠시 밖에 계시겠어요?"

잠시 망설이던 강창석이 이내 고개를 끄덕였다.

"알았다. 밖에 있으마."

무슨 일 있으면 확실하게 빠져나와라.

강창석은 눈빛으로 그리 말하고 방을 나섰다.

아버지가 나가자 강산의 얼굴이 착 가라앉았다. 이원목 또한 심각한 얼굴이 되었다.

"강산이라 했나. 몇 가지 물어보고 싶은 것이 있는데."

이원목의 목소리가 점점 기어들어갔다. 아까보다 더욱 강렬한 마기가 자신에게 집중되기 시작해서다.

"재밌어."

강산의 목소리에 절대자의 힘이 실렸다.

마인이라면 결코 범접할 수 없는, 먹이사슬 최상위 포식자의 기운이 방 안을 가득 채웠다.

"역천수라공을 익혔다니. 천마신교가 아직도 존재하는가?"

이원목의 귓가에 강산의 말이 웅웅 울렸다.

이성적으로는 말도 안 되는 상황이다. 이미 천 년 전에 사라진 전설적인 마공의 기운을 품은 자가 나타났다는 것은.

하지만 고개조차 들기 힘든, 저항할 의지조차 앗아가는 기운이 눈앞에 실제하고 있었다. 모든 것은 전해 내려오는 이야기 그대로였다.

천마의 전인 앞에 만마는 절로 무릎 꿇으리로다.

이원목이 자리에서 일어났다. 옆으로 나와 몸가짐을 바로 하더니 서서히 무릎을 꿇었다.

쿵, 쿵, 쿵.

그의 이마가 바닥을 세 번 쩧었다.

"천마신교의 광영아래 만마는 굴복하나이다."

*　　　*　　　*

강산이 중원에서 독행마 진천으로 살던 시절, 천마신교는 그를 모시기 위해 모든 수단을 동원했었다.

천마의 후예.

오랜 시간 천마의 진전을 잇은 고수가 나오지 않았었다. 교주의 무공은 나름 강력했지만, 초대 천마의 진신 무공은 잊혀져가고 있었다.

천마신교는 수많은 마인의 정점에서 그들의 구심점이 되는 곳이었다. 그만큼 강력한 힘의 율법이 지배하는 곳이었으나, 강호무림에서 정통성을 무시할 수는 없었다.

이 정통성을 상징하는 것이 천마의 무공이었다. 단순히 상징적 의미가 아닌, 천마신공 앞에서 마인들이 절로 경외심을.

가지며 굴종하게 되기 때문이었다.

하지만 시간이 흐르며 역대 교주들은 천마신공을 잇지 못했고, 그럼으로 해서 마인들에 대한 지배력을 잃어갔다.

힘의 율법에 의해 교주는 다른 강력한 마인들의 도전을 받아야 했었다. 교주의 직위는 풍전등화와도 같았으며, 아무리 강력한 무공의 교주라 해도 10년을 넘기지 못했었다.

그러니 천마신교의 내실이 흔들릴 수밖에 없었고… 강산이 있을 당시의 교주는 특단의 조치를 취해야만 했었다.

108 마인.

소림의 108 나한과 비슷하게 손수 키운 108명의 마인으로 구성된 교주 직속의 호위부대이자, 교주에 대한 무분별한 도전을 줄일 수문장의 역할을 하도록 만든 것이었다.

교주에게 도전하기 위해서는 이 108 마인이 펼치는 진법을 감당해야 했으니, 힘의 율법에도 어긋나지 않는 일종의 편법이었다.

그를 위해 중원 각지에서 1만 명의 아이를 데려왔다. 그 중에 한 명이 바로 진천, 지금의 강산이었다.

강산은 그곳에서 최후의 108명에 들었다. 그리고 기연을 얻어 천마의 진전을 잇게 되었고, 천마신공의 공능에 의해 덧씌워진 세뇌도 사라지게 되었다.

강산은 그곳에서 단체라는 것에 질려 버렸었다. 하지만 무공의 특성 때문일까? 보다 높은 경지로, 보다 강해지고 싶은 마인의 본능은 그대로였었다.

그래서 천마신교를 나왔다. 앞을 가로막았던 천마신교의 수많은 마인들은 강산의 앞에 무릎을 꿇어야만 했다.

이원목.

전설적인 요원이자 국가정보원의 수장인 그도 강산의 앞에 무릎을 꿇었다. 강산은 이원목을 보며 새삼 그때의 일이 떠올랐다.

"말해봐라. 중국도 아닌 이곳에 왜 천마신교가 있는 거지?"

이원목의 목울대가 거칠게 움직였다.

"천마신교는… 이제 없습니다."

말을 하면서도 잔뜩 긴장을 해야 했다.

대체 어디서 뚝 떨어진 사람인지는 모르겠다. 그래도 천마신공을 익힌 사람이다. 천마신교에 대해서 안 좋은 소식을 전하면 기분을 상하게 할 수도 있기에 조심해야 했다.

하지만 강산의 반응은 심드렁할 뿐이었다.

"하긴. 있으면 말이 안 되지."

이원목이 고개를 살짝 들어 강산의 눈치를 살폈다. 정말 아무렇지도 않은 표정이다.

과연 전설로나 전해져 내려오던 천마의 전인이 맞는 걸까?

"외람되오나, 한 말씀 여쭈어도 되겠습니까?"

"천마신공을 어떻게 익히고 있냐는 건가? 아니면 내가 익히고 있는 무공이 천마신공이 맞나, 그게 궁금한 건가?"

쿵!

이원목이 바닥에 세차게 이마를 찧었다.

"무례를 용서하여 주시옵소서!"

천마신교에 이어 천마신공까지 알고 있다. 무공에 대해서는 더 이상 의심의 여지가 없었다.

강산의 눈매가 일그러졌다.

"적당히 해라, 적당히. 닭살 돋는다."

"예?"

"그냥 자리에 앉아서 편하게 대화를 하자. 천마신공을 익혔지만, 난 교주가 아니다. 천마신교가 더 이상 없다면서 대체 왜 그러는데?"

"그, 그것이……."

이원목은 지금의 상황을 과거부터 천천히 설명하기 시작했다.

송나라 말기, 관기가 문란해지고 백성이 도탄에 빠졌다. 거기에 더해 송의 관원들은 무림문파들의 곳간까지 털어가려 했다.

당연히 무림과 관의 사이가 악화될 수밖에 없었다.

금나라와의 분쟁, 원나라의 침략, 무림은 송나라의 편을 들지 않았다. 그것은 언제든지 자신들이 나서면 뒤집을 수 있다는 오만함에서도 비롯된 판단착오였다.

원나라는 금나라를 순식간에 무너트리고 남송마저 전격적으로 침공하여 짧은 시간 만에 중원을 일통했다.

무림이 어찌 나서기도 전에 벌어진 일이었다.

뒤늦게 무림 명숙들이 힘을 합하여 대항하려 했으나, 시기 적절하게 원나라의 사절이 각 무림문파를 방문했다.

각 문파의 기득권을 인정하고 기존처럼 대우하며, 대신 적극적인 무공의 교류를 통해 상생하자는 뜻이었다.

중원의 민초들을 위한다는 명분으로 무림은 원나라의 손을 잡았다. 그리고 그것이 훗날 비수가 되어 돌아왔다.

명 태조 주원장.

그는 무림의 힘을 이용했다. 정도, 사도, 마도를 가리지 않고 무림의 힘을 이용해 명나라를 세웠다.

그렇게 명나라를 건국한 주원장은 과거 무림이 원나라의 침략에 침묵한 것과 무공의 힘을 두려워하여 탄압하기 시작했다.

무림의 명숙들이 조련한 수백만의 정병들이 칼끝을 돌려 강호무림을 겨눈 것이었다.

이원목의 목이 잠겨들었다.

"무림은 살아남기 위해 몸을 숨기기로 했습니다. 중원을 떠나 세계 각지로 흩어졌지요. 하지만 명나라는 끈질겼습니다."

명나라의 첩보기관 중에 동창이 있었다. 동창은 황제직속의 첩보기관이었다. 대외적으로는 관리의 부정이나 모반에 대한 감시가 주요 임무였으나, 그 안에는 무림 말살에 대한 임무도 주어져 있었다.

"동창과 금의위 중에 뛰어난 자들을 선별하여 따로 외창이란 것을 만들었습니다. 외창은 외부에 알려지지 않은 기관이었죠. 무림에는 사도나 마도만 있는 것이 아니었기 때문입니다."

정도의 소림사, 무당파 등은 민초들의 많은 지지를 받고 있는 문파였다. 그런 문파마저 핍박하고 무공의 씨를 말리려는 일을 대놓고 할 수는 없었다.

"사도나 마도는 관군이 대놓고 핍박을 한 덕분에 지하에 숨어들 수 있었습니다. 제가 이렇게 무공을 익힐 수 있었던 것도 그 때문이죠."

정도의 문파들은 사도나 마도처럼 몸을 숨길 수 없었다. 그들의 터전은 양지에 있었고 민초들과 가까운 곳에 있었다.

어찌 되었든 간에 대놓고 관군과 싸울 수도 없는 일, 그들은 그렇게 명나라의 정책으로 인해 차츰 색이 바래지며 많은 무공을 소실해야만 했다.

하지만 마도와 사도는 사방으로 흩어졌다. 일부 정도의 무인들도 그들의 행로에 합류했다.

그렇게 시간이 흐른 지금, 세계 곳곳에는 아직도 근근이 명맥을 잇고 있는 무인들이 존재하고 있었다.

"남은 자들 중에 가장 세가 강한 것은 저희 마인들이었습니다. 특히 천마신교에서 이어진 마인들의 생존력은 다른 이들에 비할 바가 아니었습니다. 평화로운 시기에도 끊임없이 생사비무를 벌이며 실전으로 단련되었으니까요."

정도의 무인들은 비무를 해도 목숨까지 걸지는 않는다. 하지만 마도는 달랐다. 그들은 강자와 비무하다 죽는 것쯤은 영광으로 아는 무공광들이었다.

"그래서. 날 이렇게 극진하게 대하는 이유는 뭔데?"

"천마신교는 사라졌지만, 그 정통성은 건재하기 때문입니다. 그리고……."

"그리고?"

"명나라에서 만든 외창. 그놈들이 아직도 존재하기 때문입니다."

외창은 독립된 조직이 되었다. 과거 유럽의 십자군과 비슷한 이유였다.

세계 곳곳으로 도망간 무인들을 쫓아가려다 보니, 지속적

인 명나라의 지원은 힘들었다. 그래서 외창은 독립되어 독자
적으로 움직이게 되었다.

"외창이랑 나랑 무슨 상관인데?"

이원목의 눈시울이 붉어졌다.

"누가 뭐라 해도 중원무림 최강의 무력을 보유하고 순수한
무인이라 불릴 수 있는 무인들은 모두 천마신교의 마인들이
었습니다. 그 힘을 하나로 모아 부디 외창의 후예들로부터 무
인의 자유를 되찾아주십시오!"

쿵!

이원목의 이마가 다시 한 번 강하게 바닥을 찧었다. 사방으
로 핏물이 튈 정도였다.

웃기는 일이었다. 이렇게 한 국가의 기관을 관리할 정도로
성공한 녀석들이 아직까지 무인의 자유를 원한다니.

한편으로는 이해가 되기도 했다.

무인의 명예와 자존심.

과거의 무인들은 명예와 자존심 빼면 시체였다. 지금까지
몸을 숨기고 살아왔다는 것 자체가 목숨을 버린 것이나 다름
없는 일이었다.

'외창이라.'

강산은 전생의 마지막 전투를 떠올렸다. 개 떼처럼 몰려들
어 자신의 발을 묶었던 징그러운 녀석들.

아마도 외창이란 그 녀석들일 가능성이 농후했다.

"이원목."

"네, 주군!"

얼마나 간절했던지. 허락도 하지 않았는데 벌써 주군이라 부르고 있었다.

강산은 쓴웃음을 지었다.

"불가."

"네?"

티테이블에 앉아 있던 강산이 몸을 일으켰다.

"내가 전생에도 안 했던 짓을 지금에 와서 하랴?"

"그게 무슨 말씀이십니까?"

그랬다.

강산은 전생에도 천마신교의 교주 자리를 마다했던 몸이었다.

"그래도 말이다. 그 외창이란 놈들은 그냥 지나칠 수가 없구나."

그들에겐 빚이 남아 있었다.

7장
이 정도면 명검

신하윤은 요즘 몸이 두 개라도 모자랐다. 올마이티 챌린지 이후로 이서경이 강산의 일에 손을 뗐기 때문이다.

이서경이 손을 뗐다는 것은 대하그룹의 후원이 끊겼다는 이야기였다. 말 그대로 끈 떨어진 연이 된 셈이었다. 그리고 경찰은 그 연을 향해 총을 난사했다.

구멍이 숭숭 뚫리고 추락하기 직전, 강산은 장태현의 등장으로 한숨을 돌릴 수 있었다.

'돈은 좀 많이 들었지만.'

장태현의 연줄은 상당했다. 그 연줄을 이용하여 언론과 정계의 힘 있는 자들에게 돈을 먹이며 일을 무마할 수 있었다.

아까웠다. 겨우 그런 곳에 강산의 피 같은 돈을 쓰다니.

'차라리 불우이웃을 돕는 게 낫지.'

욕망에 굶주린 돼지의 배를 채워주는 일이었다. 달가울 리
가 없었지만, 달리 방법이 있는 것도 아니었다.

어쨌거나 이미 돈은 지출이 됐다. 그리고 지출된 돈보다 더
많은 돈을 벌어야 했다. 대하그룹 같은 거대한 스폰이 없는
이상에는 스스로 서야 한다. 그러기 위해서 재력은 필수였다.

다행이 방법은 있었다.

리안 카터.

강산의 말만 놓고 보자면 리안은 친구나 라이벌이 아니었
다. 언제든지 부르면 돈이 나오는 저금통 취급이었다.

'조금 미안하지만.'

지금은 달리 방법이 없었다. 그래서 오늘도 리안의 프로모
터인 샤를과 새로운 빅매치를 열기 위해 논의하고 오는 길이
었다.

리안의 가문에서도 관심을 표명했다. 듣기로 세계적인 권
력가라 한다. 이것으로 어느 정도 숨이 트일 것이다.

'그래. 강산은 세계 챔프야.'

국내 무대에서 강산을 밀어내고 고립시키려 한다면 세계
무대로 나가면 되는 일이었다. 굳이 한국이란 작은 무대를 고

집할 필요는 없었다.

하윤은 아파트 지하 주차장으로 들어섰다. 늦은 시간인지라 차가 꽉꽉 들어차 있었다.

'내년에는 이사를 해야겠어.'

지금 당장 주차장이 넉넉한 고급 아파트로 옮기긴 어려웠다. 강산의 일이 완전히 해결되지 않은 상황에서 호사를 누릴 수는 없었다.

아직 자금 압박에 시달리는 건 아니었지만, 이서경이 돌아선 이상 조심해서 나쁠 건 없었다.

더구나 장태현이 이런저런 명목으로 빼가는 돈이 꽤 많았기에 되도록 여유 자금을 확보해 둬야 했다.

'내 돈이라도 보태야지.'

미래를 위해 적금도 여럿 들어두었다. 여차하면 그걸 다 깨는 한이 있어도 강산을 돕겠다는 생각이었다.

"찾았다."

구석에 한 자리가 보였다. 커나란 승합차로 인해 가려져 다른 사람들이 못 본 모양이다.

하윤은 그곳에 주차하고 차에서 내렸다.

"신하윤 씨?"

낯선 남자의 목소리가 그녀를 불렀다. 하윤은 차문을 잠그고 몸을 돌렸다.

한 사람은 깔끔한 정장 차림의 남자였고 한 사람은 핫팬츠에 가슴골이 훤히 들여다보이는 블라우스를 입은 여자였다. 어울리지 않는 두 사람이 하윤을 바라보고 있었다.

"누구시죠?"

"강산 씨의 아버님과 함께 일하고 있는 박재철이라고 합니다. 이번에 강산 씨의 일로 긴히 논의드릴 것이 있어서 하윤 씨를 찾아왔습니다."

박재철은 품에서 명함을 꺼내 건네주었다. 강창석과 같은 회사 명함이었다.

"강산의 일이요? 그런데 왜 이런 시간에……."

"사람들 눈에 띄면 곤란해서 조용히 찾아왔습니다."

딱!

뒤에 있던 여자가 껌소리를 요란하게 냈다.

"그럼. 눈에 띄면 안 되지. 납치하려는 건데."

하윤의 눈살이 찌푸려졌다.

"납치?"

"그래. 납치. 그러니까 조용히 따라와. 안 그랬으면 좋긴 하겠지만."

수는 하윤이 싫었다. 자신이 가질 수 없는 남자의 곁에 있다는 사실만으로 기분이 나빴다. 그렇기에 하윤이 반항하길 바랐다. 손을 쓸 수 있도록.

박재철은 곤란한 표정을 지었다가 어쩔 수 없다는 듯이 고개를 흔들었다.

"이분의 말대로입니다. 조용히 따라와 주시죠. 그러면 다치지는 않을 겁니다."

기가 막힌 일이었다. 아무리 인적이 드문 시간이라도 이런 곳에서 납치를 운운하다니. 게다가 산이 아버지의 회사 사람이라면서 말이다.

"대체 무슨 말씀이신지 이해가 가지 않는군요. 설마 장난치시는 건 아니겠죠?"

"장난 아니야."

"수 씨."

"닥쳐."

수의 눈에서 차가운 한기가 흘러나왔다.

본래는 박재철이 적당히 둘러대고 그녀를 데려갈 생각이었다. 그러나 막상 그녀를 보자 수의 속이 뒤집어졌다.

'그의 기운을 품고 있다니.'

강산에게서 느껴지는 기운이 하윤에게서 똑같이 느껴지고 있었다. 용납할 수 없었다. 그의 곁에 있는 것으로도 모자라 같은 기운을 품고 있다니.

"널 납치해서 강산을 함정에 빠트릴 생각이다. 네 생각은 어때? 재밌을 거 같지 않아?"

함정 운운하는 소리에 하윤의 눈매가 날카롭게 변했다. 그녀의 양손이 주먹을 말아 쥐며 눈높이로 올라왔다.

"반항하겠다 이거지?"

수가 잘됐다는 듯이 팔짱을 끼고 있던 팔을 풀었다.

"그쯤하시죠."

재철이 한발 앞서 수의 앞을 가로막았다.

뭐가 그리 불만인지는 모른다. 그렇다고 가만히 둘 수는 없는 노릇이다.

오랜 시간 국정원에서 일했던 박재철은 수가 흥분한 상태란 걸 알 수 있었다. 자신들에게 내려진 명령은 신하윤을 되도록 멀쩡한 상태로 데려오는 것이었기에 직접 나설 수밖에 없었다.

"비켜."

수의 목소리가 칼날이 되어 박재철의 목을 겨눴다. 한번만 더 막아서면 베어버리겠다는 살기마저 느껴졌다.

"그분의 명령을 어기실 참입니까?"

그분이란 소리에 수의 흥분이 빠르게 가라앉았다.

그녀에게 있어서 절대적인 존재가 그분이었다. 극도로 흥분한 상태라도 거역할 수는 없었다.

딱!

수가 신경질적으로 물러섰다. 박재철은 그런 그녀를 일별

하곤 다시 하윤에게로 시선을 옮겼다.

"하윤 씨. 그만두시죠. 얌전히 따라오시면……!"

빠악!

엄청난 소리와 함께 박재철의 상체가 휙 젖혀졌다. 하윤의 주먹이 번개처럼 박재철의 얼굴에 꽂힌 것이다.

'쳇.'

하윤은 느낄 수 있었다. 남자도 강한 편이지만, 그 뒤에 있는 여자는 차원이 달랐다. 그녀의 감각이 몸을 피하라고 경고했다.

박재철에게 한 방 먹인 그녀는 미련 없이 몸을 돌렸다. 그리곤 전력으로 내달렸다.

"크윽."

박재철은 빠르게 자세를 다잡으며 이어질 공격에 대비했다. 하지만 재차 공격이 들어오진 않았다. 그의 눈에 저만치 달려가는 하윤이 보였다.

"꼴좋네."

수의 비아냥거림이 들려왔다. 박재철의 얼굴이 일그러졌다.

"안 쫓아?"

이를 간 박재철이 몸을 날렸다.

              *   *   *

　강산은 무기를 가리지 않았다. 무엇이든 그의 손에 들리면 신검(神劍)이 되었고 신창(神槍)이 되었다. 무기가 없어도 마찬가지였다. 달리 천하제일인이라 불린 것이 아니었다.

　무기는 그저 손발의 연장일 뿐, 도구에 구애를 받는 경지는 지나도 한참 지났다.

　하지만 지금은 무기가 필요했다.

　'효율성이지.'

　맨손으로 싸우는 것보다 날카로운 검 한 자루를 들고 싸우는 것이 내공의 소모도 적고 체력도 보존할 수 있다. 그 검이 좋으면 좋을수록 그 효과는 더해진다.

　그래서 강산은 도검 수입상을 찾았다.

　"어서 오세요."

　"진검 좀 보러 왔습니다."

　"진검을 사시려면 도검 소지 허가증을 받으셔야 하는 건 아시죠?"

　"네."

　"저희가 대행도 해드립니다만."

　"괜찮습니다."

　대행을 맡기면 신고가 끝난 후에나 검을 가질 수 있기에 강산은 직접 신고를 할 생각이었다.

"진검은 이쪽에 있습니다."

두꺼운 강화유리 안에 도검이 진열되어 있었다. 한국의 전통도검을 비롯해 일본과 중국의 도검들도 보였다.

강산은 눈으로 쭉 훑었다. 외형은 아무래도 상관없었다. 중요한 건 실용성이 있느냐다. 진열된 도검 중에 15자루의 도검이 강산의 눈에 띄었다.

강산은 그 중에 고급스러워 보이는 검 하나를 가리켰다.

"저 검 좀 보여주시겠습니까?"

종업원은 강산이 가리킨 검을 보았다.

"보는 눈이 있으시네요. 잠깐만요."

면장갑 두 켤레를 꺼내온 종업원이 하나를 건네주며 장식장을 열었다.

"검을 만지기 전에 장갑부터 껴주세요."

종업원은 장갑을 낀 손으로 조심스레 검을 꺼냈다.

"다마스커스강으로 만든 검입니다. 중국 한나라의 기마부대가 사용하던 검을 재현한 거죠. 장식도 전부 금도금 처리가 된 고급 검입니다. 되도록 검신은 눈으로만 봐주세요."

강산은 검을 받아들었다.

'중심은 괜찮군.'

검의 무게중심은 나쁘지 않았다. 강산은 검날을 세워 들어진 부분은 없는지 살폈다.

"곧게 뻗어 있죠? 중국의 명장인 장웨이가 직접 단조한 검입니다. 예전의 싸구려 중국 검이 아니니까 안심하셔도 됩니다. 여기 손잡이를 보시면……."

확실히 나쁘지 않은 검이다. 과거 중원에서 무림인들이 사용하던 검과 견주어도 질이 떨어지지 않았다.

'괜찮긴 한데.'

장인이 단조로 만들었다는 것이 문제였다.

사람이 직접 검을 두드려 만드는 단조 방식은 장인의 수준에 따라 검의 질이 달라진다. 명인이 만들었다고 해도 검신 전체가 완벽하게 같은 강도를 가질 수는 없었다.

강도가 약한 부분이 있다면 아킬레스건이 된다. 강산 같은 절대고수라면 몇 번의 부딪힘만으로도 그 부위를 찾을 수 있었다.

강산은 장갑을 벗었다.

"어? 손님?"

한참 설명을 하던 종업원이 의아해한다. 그러거나 말거나 강산은 손가락을 말아 검신을 튕겨보았다.

"뭐 하시는 겁니까?"

검신을 맨손으로 만지면 기름기 때문에 녹이 슬게 된다. 그래서 면장갑을 준 것이다.

강산이 만지는 것은 아니었다. 그래도 직접적으로 검신을 튕겨보고 있으니 말려야 하나, 말아야 하나 고민이 되었다.

"네 곳 정도라."

검신에 약한 부위가 4곳이나 되었다. 이 정도면 괜찮은 축에 속했다.

종업원은 강산이 신중하게 검신을 튕겨보는 모습에 가만히 있었다. 뭔가 있어 보이는 모습에 호기심을 가지고 지켜본 것이었다. 그러다가 내뱉은 강산의 뜬금없는 말에 인상을 찌푸렸다.

"저기 손님."

저래놓고 구입하지 않는 것도 곤란하다. 종업원은 검을 받아들고 심각한 표정을 지었다.

"함부로 검에 손을 대시면 곤란합니다. 눈으로만 봐주시면……."

강산이 카드 한 장을 내밀었다. 그리곤 점찍어둔 검들을 가리켰다.

"계산."

"네?"

"제가 가리킨 검들 전부 구입하겠습니다. 검들을 전부 저쪽 탁자 위에 올려놔 주세요."

종업원은 어이가 없었다. 가리킨 검들 중에는 고가의 제품도 있었다. 대충 따져 봐도 천만 원이 넘는 금액이었다.

"잠시 만요."

정확한 계산을 위해 계산기를 들고 왔다. 그리고 두드려 보
니 1290만 원이 나왔다.

"손님. 1290만 원입니다. 이걸 다 구입하신다고요?"

"일시불로 해줘요."

종업원의 입이 살짝 벌어졌다. 물론 좋아서다.

"네, 알겠습니다."

구입한다는데 더 이상 뭐라 할까. 종업원은 그제야 웃으며
계산대로 향했다.

'대박이다.'

그저 몇십만 원짜리 한 자루만 팔아도 다행이라 생각했다.
그런데 무려 천만 원이 넘는 매출이다.

하지만 종업원의 즐거움이 경악으로 바뀌는 것은 얼마 지
나지 않아서였다.

캉!

"참나······."

종업원이 황당한 얼굴이 되었다. 그의 시선이 바닥에 나뒹
굴고 있는 7자루의 도검··· 이라기보다는 도검이었던 부러진
검신으로 향했다.

'신기하긴 하지만…….'

칼로 칼을 자르는 것이 불가능한 것은 아니다. 하지만 두 자루의 칼을 양손에 들고서 혼자 저러기는 거의 불가능한 일이다.

종업원이 보거나 말거나 강산은 다시 칼을 손에 쥐었다.

"이 녀석이 제일 좋긴 한데."

그가 하는 일은 간단했다.

검이나 도의 날을 튕겨 취약 부분을 찾는다. 그리고 취약한 부분끼리 부딪힌다. 보다 약한 검은 그대로 깨진다.

그렇게 제일 강한 도검을 남기려는 것이었다.

캉! 챙그랑!

또다시 한 자루의 검이 부러져 바닥을 뒹굴었다. 강산의 손에 들려 무참하게 다른 도검을 부러트리는 것은 한 자루의 도였다.

"제일 싼 칼이 제일 좋다니."

강산의 마음에 든 칼은 바로 마체테(Machete)였다.

마체테는 흔히 말하는 정글도다. 검신의 폭도 넓고 두께도 두껍다. 게다가 지금 그가 들고 있는 정글도는 미군에 납품하는 온타리오 사(社)의 정글도였다.

내구성에서는 단연 독보적일 수밖에 없었다.

"손님."

보다 못한 종업원이 나섰다.

"대체 왜 그러시는데요? 네?"

처음에는 신기해서 놔뒀다. 하지만 강산의 기행이 계속될수록 슬슬 겁이 났다.

저러다 날이 잘못 튀면 사람이 크게 다칠 수도 있다. 그리고 비싼 칼을 저리 뚝뚝 망가트려 버리니 제정신일까 싶을 정도로 걱정이 됐다.

'칼이 아니라⋯⋯.'

사람이라도 베어보겠다고 휘두르면 목숨이 위태롭다. 그저 돈 많은 미친놈이라면 어쩌겠는가?

강산이 고개를 돌려 종업원을 바라봤다. 두려움이 깃든 종업원의 눈동자를 보니 조금 미안해졌다.

"튼튼한 칼이 필요해서요."

"튼튼한 칼이요?"

"잘 부러지지 않고 잘 자를 수 있고. 조만간 썰어야 할 게 좀 많아서요."

"썰어요?"

종업원의 눈에 공포가 떠올랐다.

"말하자면 가지치기죠. 쓸데없이 자란 것들이 많아서."

필요 없는 것들을 쳐내려는 거니, 가지치기라고 해도 말은 된다. 그게 비록 사람일지라도 말이다.

나름대로 거짓말을 하지 않기 위한 비유였지만, 그 정도로도 충분했다. 종업원을 안정시키기엔 말이다.

"네. 그러셨군요. 확실히 그런 용도라면 정글도가 낫긴 한데요. 하지만 다른 칼은 왜……?"

강산이 어깨를 으쓱였다.

"그냥 정글도보다 좋은 칼이 있나 해서요."

어색한 변명이지만 달리 할 말도 없다.

'이 정도면 되겠지.'

현대의 제철 기술로 만들어진 칼이다. 내구성 면에서는 과거보다 확실하게 뛰어났다.

"응?"

강산은 주머니에서 울리는 휴대폰을 꺼냈다. 처음 보는 전화번호였다.

"네, 여보세요?"

―자기야!

강산의 얼굴이 와락 일그러졌다.

"잘못 거셨습니다."

막 통화 종료를 누르려는 그의 귓가로 작지만 분명한 이름이 들려왔다.

―신하윤.

강산은 다시 휴대폰을 귀로 가져갔다.

"죽고 싶구나."

잠시 수화기 너머에 침묵이 내려앉았다. 강산의 스산한 음성이 전화기 너머의 수에게까지 전해졌다.

수는 어금니를 꽉 깨물며 말했다.

─…하윤이란 아이. 우리가 잘 모시고 있어. 적어도 아직까지는.

"그래서."

─거래를 하자.

강산의 입매가 비틀렸다.

거래를 하자고?

웃기는 녀석들이다. 사람을 볼모로 잡아놓고 거래라니.

강산이 천천히 눈을 감았다.

"말해."

─일단 우리가 지정하는 곳으로 가.

"가서?"

─가보면 알 거야. 위치는 메시지로 알려줄게.

"알았다."

강산은 전화를 끊었다. 곧이어 도착한 메시지조차 확인하지 않고 지그시 눈을 감고 있었다.

그렇게 얼마나 지났을까? 그의 눈이 천천히 뜨였다.

"찾았다."

차가운 미소가 입가에 번졌다.

녀석들은 꿈에도 모를 것이다. 강산의 무공 수위가 한 단계 상승하며 어떠한 경지에 올랐는지.

정글도를 칼집에 넣고 한 손에 들었다. 구입하자마자 쓸 일이 생긴 것도 나쁘지 않았다. 놈들이 이 정도 각오조차 없이 자신을 건드렸을 리는 없다.

'매우 비싼 대가를 치러야 할 거다.'

몸을 돌려 나가려는 그의 눈에 종업원이 들어왔다.

종업원은 완전히 얼어 있었다. 강산이 통화하는 내내 살벌한 기운을 풍겼기 때문이었다.

강산은 부드럽게 물었다.

"이 칼도 신고를 해야 합니까?"

종업원은 그제야 정신을 차렸다.

"네? 아, 아뇨. 그건 신고 안 해도 됩니다."

정글도는 도검보다는 공구에 속한다. 길이가 매우 길거나 끝이 뾰족하지 않으면 신고를 하지 않아도 되는 칼이었다.

"그렇군요. 이건 팁입니다."

강산은 종업원의 손에 돈을 쥐어주고 밖으로 나섰다.

김포시에 위치한 국제 외교안보연구 서부센터.

수는 그중에서도 가장 보안이 철저한 지하의 정보 관제센터에 있었다.

그녀가 눈매를 좁혔다.

보통 누군가를 데리고 있다고 하면 사실 유무부터 묻는 게 일반적이다. 그러나 강산은 확인조차 하지 않고 거래에 응했다.

'아냐. 그게 과연 응한 걸까?'

확실하지 않았다. 강산의 태도가 거래에 응하겠다는 건지, 단순히 거래 내용만 듣겠다는 건지 모호하다.

수는 벽 너머를 바라보았다. 그곳에는 신하윤이 잠들어 있었다.

'만약 허튼 수작을 부린다면……'

그녀의 눈동자에 살기가 어렸다.

*   *   *

푸른 하늘에 구름 하나가 유유히 흐르고 있었다. 고기압의 영향으로 날씨가 맑아서인지 다른 구름은 보이지 않았다.

그러나 그 구름도 오래가지 않았다.

푸학!

구름이 사방으로 흩어졌다. 그리고 그 가운데에 사람의 그림자가 생성되었다.

극성의 천마비행술을 펼쳐 날아온 강산이었다.

'저 아래로군.'

아마 녀석들은 무림에 대해서 잘 알고 있으리라. 천리추종향이나 영물을 이용하여 사람을 추적하는 것부터, 경공술의 한계까지 모든 걸 파악하고 있을 것이다.

메시지만 보아도 그 부분은 알 수 있었다. 경공을 이용한 이동 시간까지 고려하여 도착 시간을 정해놓은 메시지였다.

그리고 그것으로 강산은 확신할 수 있었다.

'한지겸.'

강산의 능력을 제대로 알고 있는 사람 중 하나가 바로 한지겸이었다. 그라면 자로 잰 듯이 강산의 능력에 맞춰 이동 시간을 짤 수 있었다.

하지만 강산의 무공 수위는 이전보다 더욱 발전했다. 그렇기에 하윤의 마기가 남긴 흔적을 쫓아올 수 있었다. 그야말로 인간의 범주를 아득히 뛰어넘은 초감각의 발현이었다.

'경고는 한 번뿐이다.'

선을 넘어버린 친우.

강산은 더 이상 봐줄 수 없었다. 가뜩이나 하기 싫은 일을 해야 할 상황이었다.

'정리하자.'

정글도를 꺼내 지상을 겨눴다. 그가 겨눈 위치는 하윤의 바로 위였다.

강산은 정글도에 천천히 기운을 주입했다.

우우웅!

정글도의 도신이 격하게 떨리기 시작했다.

'제법.'

내구도 하나는 알아줄 만하다. 과거 명장이 만든 도검에 견주어도 뒤처지지 않을 정도다.

하지만 명장이 만든 도검과는 다르다. 현대의 정글도는 강하되 혼이 깃들지 않았다.

그래도 이 정도면 충분했다.

"가볼까."

강산이 정글도와 하나가 되었다.

신검합일(身劍合一)?

아니다. 이것은 신도합일(身刀合一)이라 불려야 마땅했다.

거대한 정글도 한 자루가 지상으로 낙하했다.

삐삐삐삐

정보 관제센터에 요란한 비프음이 울렸다. 수가 의아해할 무렵, 단말기를 주시하던 요원이 다급하게 말했다.

"타깃 출현!"

"타깃이라니?"

"강산의 위치가 센터와 겹칩니다!"

"뭐?"

센터에서는 휴대폰 위치 추적으로 강산을 쫓고 있었다. 그쯤이야 휴대폰을 버리면 그만이지만, 강산이 연락을 주고받으려면 휴대폰을 버리지 못할 것이기 때문이었다.

기실 무공의 고수인 강산의 뒤를 쫓는 일 자체가 불가능하기도 했고 말이다.

어쨌든 문제는 위치 추적에 걸리는 딜레이다.

기지국이 전환되며 정확한 위치를 산출해 내기까지 걸리는 그 약간의 시간으로 말미암아 센터는 재앙을 맞닥뜨려야 했다.

단 5분 만에 서초에서 김포까지 올 수 있으리라고는 누구도 예상치 못했다.

하지만 딱 한 명, 지금의 상황을 예상한 자가 있었다.

"안 돼."

수의 마음이 다급해졌다.

한지겸의 명령 중에 하나가 바로 지금의 상황이었다.

센터에 강산이 나타나면 곧바로 신하윤을 죽일 것.

그의 명령은 절대적이다. 수는 급하게 내공을 끌어올렸다. 문으로 달릴 생각조차 못했다. 그녀는 내공이 가득 담긴 주먹으로 벽을 후려쳤다.

쿵, 콰앙!

두 가지 소리가 약간의 시간 차를 두고 차례로 터졌다.

후두둑!

박살 난 벽의 일부가 무너졌다. 그 너머 자욱한 먼지 사이고 한 사람의 그림자가 보였다. 처음의 굉음은 바로 그가 뚫고 내려온 소리였다.

강산. 그는 하윤이 누워 있는 침대 앞에 서며 정글도를 좌에서 우로 그었다. 그러자 방 안의 먼지가 일제히 밀려났다.

"정말."

차가운 눈빛이 수에게로 향했다.

"귀찮게 하는군."

"어, 어떻게… 악!"

수의 고개가 뒤로 확 꺾였다. 어느새 코앞에 나타난 강산이 그녀의 머리채를 잡아 재낀 것이었다.

"묻는 것은 나다."

두 사람의 눈동자가 마주쳤다. 순간적으로 수의 몸이 진저리를 쳤다.

강산의 눈빛이 비수가 되어 수의 마음을 헤집었다.

공포, 절망, 그리고 굴욕.

수의 정신이 난도질당하기 시작했다.

"우선 대가부터 치러야겠지."

강산은 이미 한차례 신하윤의 전신을 기를 이용해 훑었다. 크게 상한 곳 없이 잠들어 있는 상태였다.

하지만 그렇다고 해서 아무렇지도 않다는 것은 아니었다.

"여기저기 멍이 들었어. 손목에도 손자국이 나 있고."

수의 눈이 흔들렸다. 신하윤은 확실히 평범한 사람과는 달랐다. 그녀를 잡기 위해 박재철이 전력을 다했을 정도였다.

그 과정에서 박재철이 그녀에게 무력을 행사했었다. 자신이 손을 대면 걷잡을 수 없을 것 같기에 일임한 것이었다. 즉, 저 상처들은 자신으로 인해 난 것은 아니었다.

억울했으나, 강산에게는 어차피 그 나물에 그 밥이었다. 수는 자신이 한 게 아니란 변명을 하기에도, 할 타이밍도 놓치고 말았다.

"딱 열 배."

강산이 슬쩍 손을 휘저었다. 단지 그것만으로 수의 혈도들 중에 필요한 것들을 짚었다.

"끄……."

수의 입에서 억눌린 신음이 튀어나왔다. 눈동자가 점점 뒤로 넘어가며 입가에 거품까지 들끓었다.

분근착골.

무림에서도 상승의 고수만이 시전할 수 있는, 가장 악랄한 고문 수법이었다.

전신의 뼈가 뒤틀리고 부러지며 내장까지 녹아내리는 것만 같은 고통, 말 그대로 그런 것만 같은 거다. 실제로 뒤틀리거나 부러지는 것은 아니었다. 그러나 느껴지는 고통만큼은 실제와도 같았다.

수는 혀를 깨물어 자결하고 싶은 심정이었다. 강산이 혈도를 짚어 행동에 제약을 걸지 않았다면 충분히 그러고도 남았을 것이었다.

'제발, 제발 그만! 차라리 날 죽여줘!'

굳이 이렇게까지 할 필요는 없었다. 그래도 강산이 이리 행동하는 데에는 이유가 있었다.

하윤을 납치한데 대한 벌도 벌이지만, 그녀의 정신마저 완전하게 굴복시켜 한지겸에 대한 모든 것을 알아내려는 것이었다.

정신을 잃을 만하면 강도가 약해졌다. 살 만하면 다시 시작되었다. 정말 미치기 딱 좋을 만큼, 그리고 미치기 직전에야 비로소 분근착골이 멈추었다.

축 늘어진 수.

강산은 손짓만으로 그녀의 상체를 일으켜 세웠다. 그리고 그녀의 눈동자를 바라보았다.

'제발, 그만……'

눈을 돌릴 수 없었다. 거역할 수 없는 절대자의 눈동자가 그녀에게 강제하고 있었다.

"말해라."

거부할 수 없는 음성.

"한지겸. 지금 어디 있지?"

결국 수의 마음이 강산의 의지에 굴종하고 말았다.

"그분은……."

꿈틀.

그러자 수의 몸속에 있던 고독이 움직였다.

'이건.'

강산이 인상을 썼다.

절대의 경지마저 초월한 그에게는 수의 몸속에 자리한 벌레가 느껴졌다. 아니, 보였다.

"대체 어떻게 된 거냐."

천기신뇌, 강시, 고독.

모든 것이 한지겸에게로 이어지고 있었다.

"커헉!"

수의 몸이 활처럼 휘었다. 이대로 둔다면 고독에 의해 죽음에 이르게 된다. 그렇지 않아도 분근착골에 의해 심신이 더욱 약해진 상황.

"뭐, 직접 확인하면 되겠지."

강산은 지체 없이 한 손을 수의 머리 위에 올렸다.

"먹어라."

마기가 뇌의 주름을 타고 고독이 똬리를 튼 곳으로 향했다. 고독은 본능적으로 몸을 움츠리며 피하려 했지만 소용없었다.

불룩, 수의 머리 한쪽이 솟아올랐다. 그 안에서 마기가 고독을 씹어 삼켰다. 이윽고 수의 귀와 코를 통해서 진득한 검은 액체가 흘러나오며 솟아오른 머리 한쪽이 가라앉았다.

"그럼, 다시 대화를 나눠보지."

이중의 고통을 겪어 의식이 혼미한 상태에서도 수는 몸을 부르르 떨었다.

*   *   *

강산의 근본은 마(魔)다.

단지 그 경지가 남달라 정과 마의 경계를 허물었을 뿐이다.

그렇다 하더라도 근본이 어디 가는 것은 아니었다.

수는 알고 있는 것을 모두 말했다. 신하윤을 납치한 일부터 지금까지 자신들이 벌인 일부터 한지겸의 위치까지.

"박재철."

그리고 무엇보다 먼저 잡을 놈이 있었다.

박재철.

하윤을 이렇게 납치한 놈.

강산은 정글도를 들었다. 참으로 마음에 들었다. 칼등이
두터워 최대한 오래 팰 수 있을 테니까.

마인은 부채를 남기지 않는 법이다.

8장
포기하면 편해

높게 솟은 대하그룹 본사를 바라보는 강산의 눈이 깊게 가라앉아 있었다. 저곳에 한지겸과 이서경이 있었다. 함께 중원무림을 회상할 수 있었던 유일한 친구들이 저곳에서 자신을 향한 칼날을 갈고 있었다.

'어째서냐.'

딱히 원망하는 것은 아니었다. 원망은 약자의 전유물이었다. 자신은 강자, 원망을 받았으면 받았지, 원망할 일은 없었다.

단지 아쉬울 뿐이다.

인간적으로 살고자 했고 열심히 노력했는데, 과거의 자신을 되새기게 된 현실이 마음에 들지 않았다.

강산은 천천히 차를 몰아 정문으로 들어갔다.

"어떻게 오셨습니까?"

정문을 지키는 경비가 정중하게 물어왔다. 강산은 차분하게 방문목적을 밝혔다.

"이서경을 만나러 왔다."

"이서경… 회장님을 말씀하시는 겁니까?"

대하그룹의 회장이 바뀌었으면 언론에서 이야기가 나왔을 일이다. 그러나 강산은 전혀 그런 보도를 접하지 못했다. 아무리 그가 일이 많았어도 기본적인 뉴스는 봤기에 의아했다.

"회장이라고?"

"네. 최근에 취임하셨습니다만, 그런데 혹시 강산 선수 아닙니까?"

강산이 말없이 고개를 끄덕였다.

한때는 대하그룹이 스폰을 했던 스포츠 스타가 강산이었다. 그렇기에 경비의 눈초리가 딱하다는 듯이 변했다.

"저도 강산 씨 팬입니다만, 약속이 없으시면 출입하실 수 없습니다."

"연락 넣어."

경비의 인상이 살짝 찌푸려졌다.

'이거 참. 아무리 기분이 나빠도 그렇지, 말을 너무 막 하네.'

속으로 투덜거리면서도 경비는 고개를 끄덕였다.

"알겠습니다. 잠시만 기다려 주십시오."

좋은 일로 온 것이 아니었다. 남들 눈치를 보면서 비위를 맞출 일도 없었다. 그러나 강산은 말투만 그럴 뿐, 조용히 기다렸다.

솔직히 이곳에 있다는 것이 의외였다. 자신을 건드렸고 실패할 가능성을 조금이라도 점쳤다면, 어디 찾기 힘든 곳에 숨을 줄 알았다.

하지만 이곳에 있다는 사실이 강산을 신사적으로 행동하게 만들었다.

'끝까지 신사적일 수 있게 해다오.'

마음만 먹으면 한지겸이 있는 곳까지 몰래 숨어들어 가는 거야 일도 아니었다. 천마잠형술을 극성으로 펼치면 그 누구도 그의 존재를 알아차릴 수 없었으니까.

"실례했습니다. 현관 로비로 가시면 안내해 드릴 겁니다."

경비의 말에 강산은 부드럽게 차를 몰아 현관으로 향했다. 그곳에는 희끗한 머리의 정경배가 기다리고 있었다.

강산은 문을 열고 내렸다. 그의 왼손에는 예의 정글도가 도집에 감싸인 채 쥐어져 있었다. 정경배는 그것을 힐끗 보기만 할 뿐, 별다른 말없이 인사를 건네 왔다.

"오랜만입니다."

"그렇군."

"안내하겠습니다."

강산이 눈에 이채를 띄었다.

'너무 얌전한데?'

정경배가 자신을 싫어하진 않아도 탐탁지 않게 생각하는 것은 잘 알고 있었다. 그런 그가 강산의 건방진 말투에도 인상 한 번 찌푸리지 않았다.

강산은 정경배의 전신을 훑었다. 일종의 신체 스캔과도 같은 능력이었다. MRI나 X—Ray와 비교한다면 천지차이였다. 강산은 기(氣)의 불균형까지도 잡아낼 수 있었다.

정경배의 전신을 읽은 강산은 감각을 주변으로 더욱 넓게 퍼트렸다.

'지겸아. 이건 도가 지나쳐.'

건물 내의 일부 사람들에게서 이질적인 기운이 감지되었다. 고독으로 사람들을 조종하고 있는 것이었다.

모든 사람에게 고독을 심을 필요는 없었다. 관리자급 이상, 그러니까 임원들만 심어도 그룹을 장악하는 일쯤은 별거 아니었다.

갑작스런 이서경의 회장 취임이 이런 이유였음을 강산은

알 수 있었다.

'마교도 이런 짓은 하지 않는다.'

강산이 독행마로 불리던 시절의 마교도 이런 짓은 하지 않았다. 오히려 사파나 할 법한 짓을 정파 출신인 한지겸이 하고 있었다.

한지겸이 이렇게까지 해야 할 이유가 뭘까?

'서경이 때문인가?'

이서경에게 마음이 있다는 건 강산도 알고 있었다. 그렇다고 해도 지금까지의 행동들은 너무나도 감상적이었다. 더구나 이런 행동들을 이서경이 좌시할 리도 없었다.

'설마.'

일전에 이서경을 만났을 때, 강산은 지금처럼 그녀의 신체를 조사하지 않았었다. 그건 친우에 대한 예의였다. 아니, 친우에 대한 예의 이전에 무림의 불문율이었다.

생사대적이 아닐 바에야 상대방의 내력을 함부로 캐는 행위는 해선 안 되는 일이었다. 기실 강산과 같은 고수가 아닌 이상은 허공을 격하고 상대방의 내력을 살피는 일이 쉬운 일은 아니지만 말이다.

'만약 내 예상이 사실이라면 널 어찌해야 하는 거냐.'

임원 엘리베이터에서 내려 복도를 따라 걷던 정경배가 멈쳤다. 도착한 곳은 11층의 임원 회의실이었다.

"전 이만."

정경배가 깍듯하게 예의를 차리며 문을 열었다. 강산은 딱딱한 얼굴로 안으로 들어갔다.

강산을 상대로 쓸데없는 수작은 부리지 못한다. 아무리 은신술이 뛰어나더라도 강산의 이목을 속일 수는 없었다. 특히 현 시대의 무인이라면 말해 봐야 입만 아프다.

그렇기에 널찍한 회의실 안에는 단 두 사람만 보였다.

한지겸과 이서경.

회의 테이블은 그 사이 치웠는지 보이지 않았고 대신 세 사람이 자리하기 적당한 티 테이블이 놓여 있었다.

"앉지."

한지겸이 자리를 가리켰다. 줄곧 지겸에게만 시선을 주던 강산이 계속해서 이서경은 보지도 않은 채 자리에 앉았다.

"오랜만이야."

"인사를 나눌 상황은 아니지."

"그런가?"

지겸이 여유롭게 웃으며 테이블을 가볍게 두드렸다. 그러자 회의실 한쪽 문이 열리며 여직원이 음료를 내왔다.

"시원하게 마셔. 속을 좀 식혀야 할 거 아니야?"

"가지가지 하는구나."

"친구잖아."

"오늘의 네게는 어울리지 않는 말이지."

지겸은 웃으며 음료를 입으로 가져갔다.

"정정하지. 친구였던 이를 위해서라고."

너무나도 당당하고 여유로웠다. 강산이 여기까지 온 이상, 지겸의 저런 모습은 어울리지 않았다.

"뭘 믿는 거지?"

"뭐긴."

지겸의 손이 옆으로 뻗었다. 그리고 돌아오는 손아귀에는 이서경이 안겨 있었다.

"이 여인과."

반대편 손이 전화기를 들었다.

"너의 가족 사랑이지."

쩡!

강산의 손에 들린 음료수 잔이 산산조각 났다.

"지겸. 네가 미쳤구나."

"아아. 미친 건 내가 아니라 너지. 전생의 은혜도 모르고 네 뜻대로 살고 있었잖아."

"은혜?"

"아닌가? 나와 서경이가 아니었으면 쓸쓸하게 생을 마감했을 놈이 너였잖아. 그런데도 우리 입장은 생각도 안 해주고

네 뜻대로만 살았어."

뚱딴지같은 얘기지만 알아듣지 못할 얘기는 아니었다. 예전에 한 번, 지겸은 지나가는 말로 함께 일할 생각이 없냐고 한 적이 있었다.

"한 배를 타지 않으면 적이라 이건가?"

"그래. 특히 일인자와 이인자란 것은 그런 거지."

"좀스럽네."

"그건 한 번도 이인자가 되어보지 않았던 네가 할 말은 아니야."

"그래서."

강산이 옆에 놓인 냅킨으로 손을 닦았다.

"택해라. 나와 손을 잡을 것인지, 또다시 모든 걸 잃을 건지."

"손을 잡으면 뭘 할 건데?"

"세상을 가지겠다."

"세상을 가져?"

강산의 입에서 웃음이 흘러나왔다.

"그게 무슨 말도 안 되는 소리냐."

"세계 각국의 정부를 뒤에서 조종할 수 있다. 네가 도와만 준다면, 네 무공이라면 가능해. 너와 내가 힘을 합해 고수들을 양성한다면 충분한 일이야."

절정의 고수만 해도 미국의 백악관 정도는 쉽게 침투가 가능할 것이다. 경비들을 숨겨 매복을 해도 기감이 발달한 고수의 이목을 속이기는 어렵다.

현대의 무기로 방어선을 구축한다고 해도 소용이 없다. 사람이 고수를 볼 수 없을 테고, 기계의 반응 속도로 고수를 잡는 것도 요원한 일이다.

지겸의 말은 불가능한 얘기는 아니었다. 당장 강산 하나만 미국에 떨어트려도 전술핵 이상의 위력을 발휘할 수 있었다.

'내가 전생에 그랬었지.'

가족을 위해 세계를 적으로 돌린 회귀 전의 삶이 떠올랐다. 수많은 사람이 죽었고 악마로까지 내몰렸던 삶이다.

그런 삶, 결코 원하지 않았다. 평범하게 웃고 웃으며 울지 않고 행복하게 살고 싶다.

가족과 함께.

"불가능하지 않아. 넌 알고 있잖아. 이미 회귀 전에 해봤잖아."

"너……."

"그래. 나에게도 회귀 전의 기억이 있다."

지금까지 별다른 말이 없어 기억이 없는 줄 알았다. 그런데 아니었다. 그리고 그 기억 때문에 욕망에 사로잡히고 만 셈이었다.

"그러면 잘 알 텐데? 그게 해선 안 되는 일이라는 걸."

"그건 네가 앞뒤 가리지 않아서 그렇지."

"그런 문제가 아니야."

"그만. 더 이상의 대화는 무의미해. 택해라. 함께 세상을 좌지우지할 것인지, 모든 걸 잃을 것인지."

말이 통하지 않았다. 그리고 강산이 딱히 말재주가 있는 것도 아니었다. 지겸의 말대로 더 이상의 대화는 의미가 없었다.

그제야 강산이 이서경을 바라보았다. 적개심 가득한 서경의 얼굴이 보였다.

쓴웃음이 나왔다. 그녀에게는 많이 미안했다. 더구나 이런 일까지 겪게 하다니, 면목이 없었다.

"서경이한테는 고독인가. 날 협박할 정도면 보통 고독은 아닐 테고."

"백령이다."

순간, 강산의 전신에서 살기가 넘실거렸다.

백령고독은 혼백에 직접 영향을 끼치는 기물이다. 그렇기에 고독을 제거하는 것만으로 끝이 아니다.

이렇게까지 오게 되다니.

'한지겸.'

강산은 도무지 지겸을 좌시할 수 없었다. 더구나 자신으로 인해 저리 변한 것이라면 그 책임 또한 자신에게 있었다.

"전화는 뭐냐."

"아, 이거. 네가 내 제안을 거절한다면 네 가족들이 무사하지 못할 거라는 거지."

"내가 그런 일에 대한 대비 하나 없을까?"

하윤이를 구출하고 곧바로 이원목에게 연락을 했다. 가장 강한 고수들을 보내 가족들을 보호하라고 말이다.

"이원목을 믿는 건가?"

"그를 알고 있나 보군."

"당연하지. 네 가족을 볼모로 잡으라는 내 지시를 받은 자가 바로 그였으니까."

"그게 무슨 말이냐."

"내가 말했지? 내 아버지가 외교부 장관이라고. 요즘에는 대선 준비로 한창 바쁘시지. 그런데 그게 모두 내 덕이란 말이야. 내가 고수들을 키워 아버지를 돕게 했거든. 그 와중에 이원목도 만나게 됐고. 국정원의 요원들도 내 손을 거친 자들이 꽤 많아."

한지겸은 자신했다. 강산은 자신이 쳐 놓은 그물에 확실하게 걸린 셈이다.

강산이 가족들을 얼마나 위하는지 잘 알고 있다. 이쯤 되면 자신의 제안을 쉽사리 거절하지 못할 것이다. 그리고 한 번

파도에 휩쓸리면, 권력의 맛을 알게 되면 강산도 마음을 쉽게 바꿀 수 없을 거다.

지금까지 강산의 행보가 그것을 말해주었다. 돈과 명예를 얻고 가족들과 여유롭게 사는 것에 몰두해 왔다. 그 삶의 질이 높아지면 높아질수록 강산은 자신의 손을 놓지 못할 것이다.

"천기신뇌의 강시 프로젝트 같은 위험한 일이 국정원장의 허가 없이 될 거 같아? 강산. 넌 이 세상에 대해 너무 몰라. 그러니 나를 돕는 게 나을 거야. 그러면 지금의 가족과 네 후손들까지도 떵떵거리면서 편안한 삶을 살도록 해주지."

강산은 한숨을 내쉬었다. 지겸은 그 모습을 모든 걸 받아들이겠다는 표현으로 생각했다.

"이서경은 걱정 마라. 내가 그녀를 얼마나 사랑하는지 알잖아? 그녀의 행복은 내가 책임질 거다."

"도대체 이걸 뭐라고 해야 할지."

"뭐라고?"

강산은 천천히 자리에서 일어났다.

"이기주의, 과대망상, 뭐 그런 말도 필요 없네."

"강산. 자리에 앉아."

"싫어."

"네 가족이 어찌되어도 상관없어?"

"아니."

"그럼 말을 들어야지."

"너 같으면 미친놈 말을 듣겠냐?"

"강산!"

"시끄럽다."

어떠한 기세를 발산한 것은 아니었다. 하지만 강산의 나지막한 음성은 그 자체만으로 지겸의 가슴을 짓눌렀다.

"넌 착각이 심해."

"차, 착각?"

"그래. 내가 세상에서 가장 믿는 게 뭔지 잊은 거냐?"

강산이 믿는 것. 그것은 단 하나였다.

"웃기지 마, 라."

지겸이 힘겹게 말을 뱉어내며 내력을 힘껏 끌어올렸다.

"네가 그곳에 도착하기도 전에 네 가족들은 죽어."

"과연 그럴까?"

강산이 천천히 걸음을 옮겨 회의실의 대형 창문 쪽으로 다가갔다.

"난 애당초 그들을 믿지 않았다. 언제나 믿는 것은 바로 본신의 힘."

"강산!"

한지겸의 오른손이 강맹한 장력을 흩뿌렸다. 그와 동시에 이서경의 소매에서 단검 한 자루가 강산의 뒷덜미를 노리고 튀어나갔다.

하지만 강산은 가볍게 팔을 떨치는 것만으로 모든 공격을 걷어냈다.

"지겸. 그래서 네가 날 못 넘는 거다."

강산의 우수가 시퍼렇게 달아올랐다. 그 손을 가볍게 휘두르자 대형 강화유리가 증발하듯이 녹아버렸다. 그곳을 통해 강산의 몸이 가볍게 떠올랐다.

"다녀와서 보자."

콰앙!

강산의 몸이 순간적으로 가속하자 회의실 안으로 후폭풍이 몰아치며 테이블까지 뒤집혔다. 그걸 목격한 지겸의 음성이 덜덜 떨렸다.

"마, 말도 안 돼."

자신이 기억하는 강산의 무위가 아니었다.

─죽여! 당장!

발작적으로 소리치는 지겸의 지시에 강산의 집을 멀찍이 에워싸고 있던 요원들이 움직였다. 골목과 주차되어 있던 차 안에서 하나둘 요원들이 나왔다.

하지만 그들은 상황의 심각성을 몰랐다. 그렇지 않았으면 곧바로 내달려 집으로 들어갔을 거다.

그 시간이면 충분했다.

강산이 극성으로 펼치는 천마비행술의 최대 속도는 음속으로 따지자면 마하 2의 속도다. 초당 680m를 나아가는 믿을 수 없는 빠르기다.

그 정도의 속도를 내니 집에 도착하는 것은 1분도 걸리지 않았다. 이원목의 수하들이 막 대문을 넘었을 무렵, 하늘에서 재앙이 낙하했다.

파앙!

갑작스런 돌풍에 요원들이 뒤로 물러났다. 마당 가운데에 한 사람이 내려서 있었다.

"정말이었군."

이원목은 보이지 않았다. 하지만 국정원에서 마주했던 몇몇 고수들이 자신을 놀란 눈으로 바라보고 있었다.

"조용히 살기 참 힘들다."

강산이 정글도를 뽑아 들었다. 죽일 생각은 없었지만, 병신은 만들어줄 생각이었다. 여기까지 온 이상 망설일 필요는 없었다.

녀석들이 미처 반응하기도 전, 그의 발끝이 가볍게 바닥을 박찼다.

뼈 부러지는 소리와 비명이 간발의 시간차로 도미노처럼 울려 퍼졌다. 그 시간도 채 1분이 걸리지 않았다. 그야말로 전광석화와도 같은 움직임이다.

"아악!"

"크흐으!"

비명이 들리자 집 안에서 강창석이 현관을 열고 나왔다. 마당의 광경을 본 그의 안색이 딱딱하게 굳었다. 좌우를 살피던 그의 눈에 강산이 보였다.

"여보, 무슨 일이에요?"

안에서 이선화의 목소리가 들려왔다. 강창석은 황급히 그녀를 밀며 문을 닫았다.

"나오지 마. 안에서 기다려."

팔다리가 제멋대로 꺾인 사람들이 즐비했다. 그런 모습을 보일 수는 없었다.

강산이 몸을 움직여 강창석에게 다가갔다.

"아버지."

"이게 대체 무슨 일이냐."

"일이 조금 어긋났습니다."

"어긋나?"

"네. 하지만 곧 정리될 겁니다. 오늘은 집에서 나오지 말고 기다려주세요."

담담하게 말하는 아들과 쓰러져 신음하는 이들을 번갈아 바라본다. 하지만 강창석의 눈동자에 걱정 외의 감정은 일체 느껴지지 않았다.

'아버지.'

변함이 없었다. 언제나 자신을 믿어주던 아버지는 눈앞에 있었다.

"아버지. 무슨 일이에요?"

현관문이 열리며 강현이 나왔다. 그도 마당의 상황을 보고 놀란 눈치다.

"형."

"산아."

동생을 보더니 강현의 눈동자가 반짝였다.

"큰 건이냐?"

"응?"

"내가 할 일이냐고."

검사가 되더니 요즘은 실적에 목마른가 보다. 어떻게 보면 참으로 무사태평한 모습이다.

"큰 건이긴 한데, 형이 먹으면 체할 일이야."

"그래? 그럼 위험한 거 아냐? 내가 도와줄 일 없어? 그래도 내가 대한민국 검사 아니냐. 어느 정도까지는 커버 쳐 줄 수 있으니까 말만 해."

남들이 보면 어이를 상실할 가족의 모습이다. 대한민국에서 폭력은 범죄 행위다. 특히 검사인 강현의 입장에서는 옹호

하지 말아야 정상이다.

그런데도 강현은 외려 도와줄 일 없냐고 말한다. 어느 정도 상황을 알고 있는 아버지와는 다른 상황인데도 이해하고 의심 없이 받아들인다.

'회귀 전이나 지금이나 변함이 없네.'

강산의 입가에 미소가 걸렸다.

가족을 아낄 수밖에 없었다. 중원에서는 가족이 없었고 자신을 이용하거나 죽이려는 자들뿐이었다. 아무 조건도, 바라는 것도 없이 순수하게 관심을 가지고 아껴주는 사람은 없었다.

그건 한지겸이나 이서경도 마찬가지였다.

이서경이 한 희생은 인정한다. 하지만 그녀의 사랑을 순수하게 받아들일 수는 없었다.

끝까지 그의 곁을 지키며 목숨까지 걸고 구천귀혼대회진을 펼쳤다고?

'아니겠지.'

시간이 흘러 이서경은 강산이 자신들의 정체를 알고 있다는 걸 깨닫게 되었었다. 그리고 그쯤 구천귀혼대회진에 대한 비급을 얻게 되었다.

이미 강산의 무공 수위는 절대의 경지였고 어떠한 독이나 암습도 통하지 않는 상태였다.

애당초 처음의 목적을 이루기 어려운 상태에서 그녀의 선택지는 그리 넓지 않았었다. 끝까지 강산의 곁을 지켜야만 하는 상황이었기에 구천귀혼대회진은 그녀에게 주어진 마지막 기회였었다.

빚을 지우면 강산의 마음도 자신에게 돌아올 거라 여긴 것이 아닐까? 물론 그만한 희생을 치렀던 그녀였기에 그 정도 자격은 충분했다. 하지만…….

'마음이 내키지 않아.'

이기적인 생각일지도 모른다. 그러나 모든 것을 갖춘 이서경과 그다지 내세울 것이 없었던 신하윤을 놓고 보았을 때, 강산의 마음은 이서경보다는 신하윤에게 쏠렸었다.

처음으로 가족이 생겼고 그들의 조건 없는 관심과 보살핌을 접하게 된 그에게… 이서경이 어필하는 사랑은 사랑이 아니었다.

소유와 집착에 가깝다고 느꼈었다. 그렇기에 이서경을 찾는 일에 보다 적극적으로 나서지 않았던 것이었다.

아직도 사랑이 뭔지는 모른다. 가족의 사랑은 알아도 남녀 간의 사랑은 어렵기만 했다. 그렇다고 피할 생각은 없다. 이서경에게 빚을 지고 있다는 것만은 분명하니까.

"형. 혹시 모르니까 어머니랑 아버지를 부탁해."

"당연하지. 나만 믿어."

어느 정도 강산의 지도를 받은 강현이다. 격이 다른 고수가 나타나지 않는 이상에는 강산이 오기 전까지 버틸 수 있었다.

"아버지. 정리하고 올게요."

"그래. 몸조심해라."

꾸벅 고개를 숙인 강산이 마당의 정리부터 시작했다. 여기저기 쓰러져 있는 녀석들을 구석으로 휙휙 던지며 혈도를 제압했다.

"아버지. 지금 꿈꾸는 거 아니죠?"

강현의 눈이 커다래졌다. 아무리 동생의 능력을 어느 정도 알고 있다고 해도 한 손으로 사람을 던지는 모습까지 쉽게 받아들이기는 어려웠다.

"난 더한 것도 봤다."

"네? 뭘요?"

강창석은 말없이 강산을 가리켰다. 강현이 고개를 돌리자 가볍게 인사하는 강산이 보였다. 그리고 직후, 강산의 모습이 사라졌다.

"어?"

입을 벌린 아들의 어깨를 툭툭 두드린 강창석이 집 안으로 향하며 전화기를 꺼내 들었다.

'혹시 모르니까.'

국정원에서 본 자들이 이곳에 있었다. 그렇다면 이원목을 믿을 수는 없었다.

"아, 문 관장님. 산이 애비입니다."

강창석은 숨은 고수, 문춘수에게 연락을 취했다. 그의 도움을 얻기 위해서다.

—아, 산이 아버님. 무슨 일이십니까?

"염치불구하고 부탁 좀 드리고자 합니다."

—부탁이요?

"네. 지금 경찰도 믿을 수 없는 상황이라 말이죠. 혹시 저희 집으로 와주실 수 있겠습니까?"

—허허, 혹시…….

"생각하시는 게 맞을 겁니다."

—알겠습니다. 곧 가도록 하죠.

"감사합니다."

*   *   *

부아아앙!

한지겸은 엑셀레이터를 힘껏 밟으며 내달렸다.

'빌어먹을!'

무공의 경지는 쉽게 올릴 수 있는 것이 아니었다. 그중 절대라는 경지를 실제로 오를 수 있는 마지막 경지로 보는 것이 일반적인 무인들의 생각이었다.

강산은 절대고수에 올라 천하제일인이라는 타이틀을 거머쥐었다. 사실상 중원에서 생각하는 무의 끝을 밟은 셈이다.

'네가 어찌, 네 주제에 감히 어떻게!'

절대의 경지 그 너머는 아무나 도달할 수 없는 경지였다. 하물며 강산은 마도의 고수다. 절대를 넘어 입신의 경지에 오를 수 있는 사람이 마도의 고수여서는 안 된다.

그건 어디까지나 정도의 고수인 자신에게만 허락된 경지여야 했다.

한지겸은 그렇게 생각했다. 그가 강산일 수는 없으니, 지금 그의 경지가 강산과 차이가 있다는 사실을 알 수가 없었다.

절대라는 경지는 추상적인 경지였다. 그저 아무도 그를 이길 수 없으니 절대고수라 부르는 것뿐, 그들이 활동하던 시기의 중원에서 명확하게 어떠한 경지라는 기준은 없었다.

한지겸은 강산과는 달랐다. 강해지긴 했으나, 순수하게 무공의 경지가 올라간 것이 아니었다. 정공이 심마의 침식으로 마공이 되어버린 상황이었다.

다급한 마음에 독배를 마시고 말았다. 그리고 그 독배를 건네준 사람은 따로 존재했다.

"으아아아!"

이대로 끝낼 수는 없다. 이서경을 빼앗은 것만으론 부족했

다. 무공으로도 그를 앞서야 했다. 그를 눈앞에 무릎 꿇려야
했다.

"지겸."

"닥쳐!"

조수석에 앉은 이서경을 무시하고 지겸은 전화를 걸었다.

'빌어먹을 놈들. 이게 다 놈들 때문이다.'

녀석들이 제대로 된 정보만 주었다면 급하게 서두르지 않
았을 거다. 이 책임은 녀석들이 져야 한다.

전화를 받는 기척이 느껴지자 지겸이 소리를 질렀다.

"위극소! 이 개자식!"

─허허, 욕이 찰지구나.

수화기 너머에서 들려온 음성은 천기신뇌 위극소, 바로 천
종설이었다.

"어떻게 된 거냐! 강산, 놈이 절대의 경지를 넘어섰다. 넌
분명 그럴 일은 없을 거라 했잖은가!"

─이런. 난 단정 지은 적은 없는데 말이야.

"뭐라고!"

천종설의 목소리는 여유로웠다.

─뭐, 다급한 음성을 듣자하니, 계획이 실패한 모양인데.
내 말하지 않았나? 지금은 때가 아니라고.

"때는 무슨 때! 내가 절대의 경지에 올랐을 당시에 당신

은 분명히 말했었다. 그 정도면 강산을 상대하기에 충분하다고!"

―그렇지. 내가 그리 말했었지. 잘 알고 있구나.

그랬다. 강산을 상대하기 충분하다고 말했지, 이길 수 있다고는 말한 적 없었다.

"너……."

한지겸의 입술이 부들부들 떨렸다.

이서경에게 고독을 사용하고 모든 일이 원만하게 풀려가자 쉽게 생각했다. 그러다가 강산이 찾아와 경고를 했다.

마음이 급해졌다. 강산이 마음먹고 움직이면 막을 자신이 없었다. 그래서 천종설이 건네준 단약을 먹었다. 부작용도 없이 무공을 진일보시켜 주는 것도 확인했기에 섭취했다.

그로인해 한계를 돌파했다. 절대의 경지에 올라섰다고 생각했다. 그래서 과감하게 움직였는데, 강산은 이미 그 경지마저 뛰어넘어 있었다.

―절대의 경지를 넘는 것은 불가능에 가깝다고만 했었지. 그걸 멋대로 해석한 건 자네야.

뿌득!

한지겸이 이를 갈았다.

―날 원망하면 안 되지. 알지 않는가? 내가 이번 일을 위해서 자네에게 무얼 해주고, 무얼 희생했는지.

"그래. 스스로 시체가 되는 것도 주저하지 않았지."

한지겸이 비아냥거렸다.

천종설은 분명 이여령의 손에 심장을 파열당했다. 그런데도 살아 있을 수 있는 이유는 그 스스로가 바로 시체, 강시가되었기 때문이다.

자신의 시술로 자신을 강시화 할 수는 없었다. 하지만 천종설은 믿는 구석이 있었다.

─위대한 희생이지. 외창이 앞으로도 꾸준히 존재하려면내가 버텨야 하니까.

외창.

천종설은 바로 외창에 소속된 무인이었다.

강산이 죽으면서 회귀가 일어났다. 기억을 가지고 회귀를하게 되는 조건은 바로 전생의 인연을 만나지 못한 자들이다.

거기에 속한 자들이 바로 한지겸, 이서경, 천종설이었다.

천종설은 회귀 후에 어느 정도 힘을 얻고 강산의 발목을 붙잡은 존재들에 대해서 조사했고, 그들이 외창이란 것을 알게된 후에 그들과 거래를 했다.

외창의 목적은 무인들의 말살.

하지만 그들의 말살 대상은 외창 소속 외의 무인들이었다.

회귀 전의 기억을 가지고 있던 천종설은 외창의 무인들이강산을 잡기는 힘들 거라는 걸 알았다. 그래서 천종설은 외창의 무인들을 강화할 방법을 가지고 거래를 성사시켰다.

무인들을 강화할 방법, 그게 바로 한지겸에게 복용시킨 단약이었다.

강산은 최대의 난적이었다.

외창은 오랜 세월을 존재해 왔었고 숨겨진 저력이 무시 못할 수준이었지만, 문제는 절대고수의 부재였다.

맹목적인 신념으로 무인을 사냥해 온 외창.

하지만 시간이 흐르면서 척살해야 할 고수들의 수준이 낮아지자 그들 내부에서도 무공 외의 일에 심취한 자들이 생겨났다. 자연스레 무공의 수준이 후퇴할 수밖에 없었다.

실제로 회귀 전에 외창이 강산을 상대하는데 쓴 방법은 사술의 일종이었다. 그것도 그리 뛰어난 것도 아니었다.

외창은 천종설이 준 단약의 효험을 확인했다. 그리고 천종설과 손을 잡았다. 단약의 부작용도 존재했지만, 외창은 신념으로 무장된 자들이다. 스스로의 몸이 망가지더라도 신념에 따른 의무만 지키면 된다는 자들이다.

그들의 도움으로 천종설은 터진 심장 대신에 인공심장을 이식했다. 이미 반쯤 강시화가 되어 있던 상태였기에 인공심장의 부작용을 걱정할 필요도 없었다.

그리고 그는 완전한 강시가 되어 마지막 계획을 완성하고 있었다.

"헛소리. 어쨌거나 말해라. 이제 어떻게 하면 되지?"

이제는 어떻게 되어도 상관없었다. 한지겸은 강산의 손아귀에서 벗어날 수 있다면 무슨 짓이든 할 수 있었다.

'이대로 죽을 수는 없어.'

천종설의 손아귀에 놀아났다는 사실이 그를 화나게 했지만, 강산에 비하면 참을 수 있는 수준이었다. 그에 상응하는 빚은 강산을 처리한 후에 갚아도 되었다.

―주소 하나를 보내주지. 그쪽으로 오면 외창의 고수들이 준비하고 있을 거야. 그리고… 널 위해 준비한 것도 있다.

"날 위해?"

―천하제일인이란 타이틀을 갖고 싶지 않나?

천종설은 강산을 잡기 위해 수많은 것을 준비했다. 생각보다 대처를 잘하며 현대사회에 적응한 그를 치기 위해서는 이번 기회에 전력을 다해 죽여야만 했다.

한지겸이 사이한 미소를 지었다.

'그래. 천하제일. 그럴 수만 있다면.'

"알았다. 당장 그쪽으로 가지."

달리 방법이 없었다. 어차피 천종설과 손을 잡은 상황이다.

'천기신뇌… 강산만 처리하면!'

한지겸이 섬뜩한 안광을 폭사하며 운전대를 움켜쥐었다.

외창의 목적을 모르는 그는 이 일이 끝난 후에 자신도 무사하지 못하리란 사실을 꿈에도 모르고 있었다.

그리고 그때였다.

쿵

지붕에서 묵직한 소리가 울리며 차가 흔들렸다.

콰직!

곧바로 지붕이 종잇장처럼 뜯겨나가며 차가운 음성이 들려왔다.

"한지겸. 그만 포기하고 차 세워."

강산의 차가운 눈동자가 한지겸에게 내리꽂혔다.

"강산!"

이서경의 손이 위로 뻗으며 강맹한 장력을 뿜어냈다.

"크윽!"

한지겸이 다급하게 핸들을 틀었다. 장력을 뿜어내는 반발력으로 차가 요동을 친 탓이다.

겨우 차체의 균형을 다잡고 길가에 차를 세운 지겸이 고개를 돌렸을 때에는 이미 강산과 이서경의 모습은 보이지 않았다.

"강산."

그 와중에 강산이 이서경을 낚아채 갔던가, 아니면 이서경이 몸을 날려 강산을 쫓아갔을 거다.

어쨌거나 달가운 상황은 아니다. 백령 고독의 위력이야 익히 알고 있지만, 강산은 절대의 경지를 넘은 고수다. 어떤 수를 쓸지 몰랐다.

"이봐요. 괜찮아요?"

늙수그레한 남자가 차를 세우며 말을 걸어왔다. 지붕이 뜯겨나간 차가 길가에 세워져 있자 호기심을 보인 것이다. 하지만 상대가 좋지 않았다.

쾅!

한지겸이 왼손을 신경질적으로 내뻗자 미증유의 힘이 멈춰선 차의 옆구리에 작렬했다. 엄청난 굉음과 함께 차가 우그러지며 5m 이상을 나뒹굴며 날아갔다.

"빌어먹을."

한지겸이 한차례 이를 갈았다. 이대로 두면 이서경의 정신이 되돌아올지도 모른다.

'하지만…….'

쫓아간다고 해도 지금 당장 강산을 이길 자신은 없었다. 그럴 바에야 천종설의 계획을 이용해 확실하게 처치하는 편이 나았다.

"죽인다."

한지겸의 눈이 핏빛으로 번뜩였다.

　　　　*　　　　*　　　　*

　강산은 이서경의 완맥을 움켜지고 몸을 날렸다. 한지겸을
처리하는 것보다 그녀가 우선이었다.

　백령 고독은 그도 접해보지 못했던, 문헌상의 고독이다. 치
료해도 혼백 자체에 영향을 끼치는 성질 때문에 본래대로 되
돌릴 수 없다는 최악의 고독이다.

　그것을 치료한다는 것은 강산에게도 엄청난 도박이다. 아
무리 경지를 허물었어도 혼백의 영역은 그에게도 미지의 영
역이기 때문이다.

　'치료한다.'

　할 수밖에 없다. 해야만 한다. 뭐라 해도 전생부터 이서경
이 희생한 사실은 변하지 않기 때문이다.

　"이것 놔!"

　완맥을 제압당해 힘을 쓸 수 없음에도 이서경은 발버둥 쳤
다. 사력을 다해 벗어나려는 그녀의 모습에 씁쓸함이 더해져
만 갔다.

　불가에서 흔히 말하는 게 업보다. 결국, 자신의 잘못된 처
신으로 이서경을 이 지경까지 만들고 말았다.

　'하지만 여기까지야.'

　여기까지일 수밖에 없다.

이서경은 누구보다 프라이드가 높은 여자다. 자신이 고독에 잠식당하고 원치 않는 행동을 했다는 사실에 직면한다면 더는 강산의 앞에 서지 못할지도 모른다.

어쩌면 그게 더 가혹한 처사일 수도 있다. 이대로 무인으로서 죽음을 맞이하는 것보다도.

하지만 강산은 그럴 수 없었다. 따지자면 이 모든 상황에 관한 1차적인 책임은 자신이기 때문이었다.

'저기가 좋겠군.'

재개발로 사람들이 모두 떠나고 철거를 앞둔 지역이었다. 강산은 기감을 넓혀 사람이 없는 곳에 내려앉았다.

두 다리가 땅에 닿자마자 이서경이 재차 공격했다. 내공도 실리지 않은 힘없는 공격이다.

퍽, 퍽!

강산은 그저 완맥을 움켜지고 가만히 공격을 받아주었다.

"놔! 이 짐승 같은 자식! 놔아!"

'짐승이라.'

그랬다. 한때는 강산도 짐승이었다.

남들이 절대라 부르는 경지에 다다랐을 때, 강산은 거대한 벽에 마주쳤었다. 그 벽은 보통 벽이 아니었다.

대자연.

앞을 막아선 대자연의 벽 앞에서 강산은 한없이 초라해지는 자신을 느꼈다. 인간의 힘으로는 범접할 수 없는, 세상 자체라 할 수 있는 자연 앞에서 자신은 작은 티끌과도 같은 존재였다.

그래도 강산은 굽히지 않았었다. 대자연 앞에서 외려 강한 호승심을 느꼈었다. 벽을 뛰어넘겠다는 바람이 강렬한 승부욕으로 변하여 대자연을 적으로 규정했다.

그때부터였다. 자연의 반격이 시작된 것은.

'어리석었지.'

적이 된 대자연은 냉혹했다. 무림보다 더한 약육강식, 적자생존의 세계가 펼쳐졌다. 끊임없는 자신과의 싸움 속에 강산의 정신이 점차 피폐해져 갔다.

환희가 있으면 비탄이 찾아왔다. 절망하면 희망이 보였다. 마음속 깊은 곳까지 자연은 냉혹한 손길을 뻗어 휘저어 놨다.

거기에 휘둘리지 않기 위해 일체의 감정을 배제했다. 그러자 강렬한 생존 본능만이 남은 진짜 짐승이 되고 말았다.

'너무 늦게 깨달았어.'

강산은 이서경의 혈도를 짚었다. 치료를 위해선 달리 방법이 없었다.

'자연은 날 적으로 인식한 게 아니야.'

대자연은 강산을 무릎 꿇리거나 없애야 할 적으로 규정한 것이 아니었다. 자연에는 그런 개념이 없었다.

애당초 강산 본인도, 인간 자체도 자연이었을 뿐이다.

산을 밀어버리고 비행기로 하늘을 날아도 지진과 태풍을 인간이 막을 수는 없었다. 주고받고, 기쁨이 있으면 슬픔도 있고, 삶이 있으면 죽음도 있는 거였다.

자연은 그저 자연이었다.

강산은 그것을 깨닫고 벽을 넘어섰다. 현대의 삶을 살면서 가족을 비롯해 주변인들과 부딪히며 생겨난 변화가 끝내 벽을 넘게 해준 것이었다.

정신과 단전마저 자연과의 조화를 이루며 발전했을 때, 강산은 오히려 인간다움을 갖추게 되었다.

측은지심.

생각하는 규모 자체가 달라졌다. 사람들에 대해 연민을 갖게 되었고 그들을 이해할 수 있었다.

그렇다고 해서 그대로 두고 참는다는 건 아니다.

마음이 가는 대로.

자연은 인간이 불쌍하다고 지각 변동을 멈추지 않는다. 일부러 인간을 피해서 태풍이 생겨나지도 않는다.

모든 건 자연 그 자체였다.

"서경아. 이것만 알아둬라."

강산은 이서경의 모든 혈도에 자연지기를 심었다. 벽을 넘으며 자연스럽게 운용할 수 있게 된 순수한 기운이었다.

"지금도 난 널 미워하지 않아."

강을 뒤틀어 방향을 바꾸면 생태계마저 변한다. 강산은 고독 때문에 뒤틀린 이서경의 내부를 바로잡기 위해 자연지기를 이용하기로 했다.

자연은 있는 그대로 흐르기도 하지만, 오염이 되거나 잘못된 부분이 있다면 스스로 정화작용을 거쳐 본래의 상태로 되돌린다.

백령 고독의 침투를 혼백의 오염으로 보았을 때, 자연지기라면 혼백까지도 정화될 가능성이 높았다.

강산의 손을 통해 천천히 쏟아져 들어가는 자연지기가 이서경의 몸속을 조심스럽게 흐르기 시작했다. 점차 길을 넓히고 어긋난 것을 끼워 맞추며 뒤틀린 것을 바로잡았다.

"그러니까 지금까지 있었던 일들은 잊어. 나한테 미안하다고 할 필요도 없어."

이서경의 전신이 붉게 달아올랐다. 자연지기가 혼백에까지 영향을 미치며 자가 치유력을 높이기 시작했다.

"우린 친구니까."

자연지기의 영향으로 백령의 영향력이 차츰 사라지고 있었다. 그 덕분에 이서경의 정신도 차츰 돌아오고 있었다.

'강산…….'

제정신으로 돌아오는 그녀의 뇌리에 지금까지 한 행동들

이 선명하게 떠올랐다. 그런데도 강산은 자신에게 죄를 묻지 않겠다고 한다.

'그래. 친구. 역시 그 이상은……'

펔, 백령 고독이 죽는 소리를 머릿속에서 들으며 이서경의 의식이 끊어졌다. 그녀의 눈가가 물기로 촉촉하게 젖었다.

*　　*　　*

천종설이 보내준 주소는 교외에 있는 카라반 오토캠핑장이었다. 한지겸은 차를 버리고 전력으로 경공을 펼쳐 목적지에 다다랐다.

카라반이 즐비하게 늘어서 있는 캠핑장은 평일임에도 많은 사람이 카라반 앞에 삼삼오오 모여 고기를 굽고 있었다.

'외창이군.'

알아보기는 쉬웠다. 근처에 저마다의 병장기를 가까이 두고 언제든지 공격할 대세를 갖추고 있으니까. 정체를 숨길 생각은 전혀 없어 보였다.

한지겸이 캠핑장에 들어서자 다들 힐긋 쳐다보더니 신경도 쓰지 않았다. 대신 얼마 지나지 않아 그의 목소리가 들려왔다.

"여기네."

천종설이 중간쯤에 있는 카라반에서 손짓했다. 한지겸은 입술을 굳게 다물며 그에게 다가갔다.

"한 점 들겠나?"

숯불 위에서 노릇하게 익은 고기 한 점을 집어 건네준다. 한지겸의 얼굴이 팍 구겨졌다.

"뭐하자는 거지?"

천종설은 지겸의 반응에도 아랑곳하지 않았다.

"1등급 한우야. 아주 맛있다네."

그러며 자신의 입에 고기를 넣었다.

"뭐, 나야 맛을 느낄 수는 없지만 말이야."

스스로 생강시가 된 천종설이었다. 맛도 느끼지 못하고 먹는다는 행위 자체는 그저 습관일 뿐이었다.

"내 인내심을 시험하지 마라."

공력을 끌어올리는 한지겸의 모습에도 천종설은 그저 웃을 뿐이다.

"외모가 젊어서 그런 건가, 살 만큼 산 사람이 뭐가 그리 급해."

"스스로 강시가 된 너에게 그딴 말을 들을 이유는 없는데."

"흐음."

천종설이 다시 고기를 집었다.

핑!

하지만 얇은 파공성과 함께 고기가 날아갔다.

"그쯤 하라고 했다."

지공으로 고기를 날려버린 한지겸이 으르렁거렸다. 언제 강산이 쫓아올지 모르는 상황이다. 한시라도 빨리 준비를 해야 했다.

"이거 원. 식도락을 즐길 줄 모르는구먼."

"한 번만 더 딴소리하면……."

한지겸이 진심으로 출수를 하려 하자 그제야 천종설이 품에 손을 넣었다. 그의 손에 딸려 나온 것은 자그마한 금속 상자였다.

"받아라."

휙 날아오는 상자를 한지겸이 낚아챘다. 금속으로 만들어진 상자는 묵직했다. 지겸은 상자를 조심스레 열었다. 안에는 엄지손톱만 한 단약이 들어 있었다.

"이건 뭐지?"

"역천단이란 거지."

"역천단?"

"본래는 외창에 전해져 내려오는 단약이라네. 잠력을 격발해주어 일정 시간 동안 무공의 위력을 극대화해 주는 영약이지. 그래 봤자 원래는 반배 정도 강해질 뿐이지만……."

"이건 그렇지 않단 말이냐?"

천종설이 의미심장한 미소를 지었다.

"한계 돌파라고나 할까."

"한계 돌파?"

"단순히 무공의 위력을 강화해 주는 것이 아니라, 아예 벽을 넘게 해준다네."

한지겸이 눈을 부릅떴다.

"벽을?"

흔히 깨달음의 벽이라고 한다. 무인에게 있어서 반드시 넘어야 하는, 넘고 싶은 경계.

초일류고수라 불리는 경지까지는 부단한 노력으로 충분히 오를 수 있다. 내공이 늘어나고 초식에 대한 이해가 깊어지면 초일류라 불릴 만한 실력을 쌓을 수가 있다.

하지만 그 이후, 초일류를 넘어 절정의 반열에 오르기 위해서는 깨달음이 필요했다.

깨달음은 낙엽이 지는 것만 봐도 올 수 있고, 초식에 담긴 뜻을 완전히 깨우쳤을 때 올 수도 있다. 감정의 변화나 이해의 범위에 따라 어떠한 형태로든 올 수 있는 것이 바로 깨달음이었다.

그러나 이 깨달음을 얻고 절정에 오르는 고수는 흔치 않았다. 유서깊은 명문이나 거대 문파의 장로급도 절정의 초입에 한 다리 걸치고 있는 이들이 허다했다.

하물며 절정을 넘어 절대의 경지로, 그 절대의 경지마저 뛰어넘는 일은 얼마나 어려운 일일까?

스스로 절대의 경지에 다다랐다 생각하는 지겸에게 있어서는 꿈만 같은 이야기였다.

'이것만 있으면!'

강산을 뛰어넘을 수 있었다. 그를 죽이고 천하제일인이 될 수 있었다.

'아니야. 겨우 이깟 단약 하나가……'

천종설이 준 단약으로 인해 지금의 경지에 오를 수는 있었다. 그러나 이건 차원이 다른 이야기였다. 절대의 경지마저 단약 하나로 뛰어넘을 수 있다면, 지금 이곳에 있는 자들은 전부 절대고수여야 했다.

하지만 아무리 주변을 둘러보아도 그 정도의 고수로 보이는 이는 없었다.

"천종설. 이게 그런 단약이라면 여기 있는 자들 모두 고수여야 하지 않아?"

"오, 그렇지. 역시 예리하구나."

마치 영특한 손자를 대하는 것처럼 말하는 천종설을 보자 한지겸의 배알이 뒤틀렸다.

"그 주둥이를 갈가리 찢어버리기 전에 태도를 고치는 게 좋을 거야."

한지겸의 전신에서 살기가 줄기줄기 흘러나왔다.

"좋아. 뭐, 곧 있으면 녀석이 올 것도 같으니…… 그 단약을 먹는다고 모두가 벽을 넘는 것은 아니네. 벽을 넘기는커녕… 외려 목숨을 잃을 수도 있지."

"너… 감히 그런 걸 나에게!"

"하나 자네라면 다르지."

"달라?"

"여기 있는 녀석들은 말하자면 반푼이야. 하지만 자네는 진짜지."

외창의 무공은 무공이라 할 수가 없었다. 고수를 잡을 수 있는 사술과 역천단의 위력을 이용하여 인해전술로서 고수를 잡아왔을 뿐이다.

하지만 한지겸은 정통 무인이라 할 수 있었다. 그것도 소림사의 유서 깊은 무공을 이은 무인이었다.

"자네라면 훌륭하게 약효를 흡수할 수 있을게야."

'그리고 강산과 공멸해 주면 그만이라네.'

천종설은 무인의 씨를 말려 버릴 참이었다.

회귀 전, 강산이 날뛰는 바람에 이여령을 늦게 찾았다. 그것이 그에게는 한이 되었다. 지금이야 상황이 달라졌다지만, 그래도 강력한 무인의 존재는 위험하기만 했다.

"확실한가?"

"못 믿겠으면 그냥 강산의 손에 죽던지."

그 말이 결정적이었다. 한지겸은 단약을 입에 털어 넣었다. 그리곤 곧장 가부좌를 틀고 앉아 운기조식을 시작했다.

"좋아. 이제 준비해 볼까?"

천종설의 시선이 하늘로 향했다.

새는 까마득히 높은 하늘 위에 있어도, 결국에는 땅으로 내려올 수밖에 없다. 그리고 그 순간 사냥은 종료된다.

"씨를 말려주마."

천종설이 섬뜩한 미소를 머금었다.

9장
강자의 권리

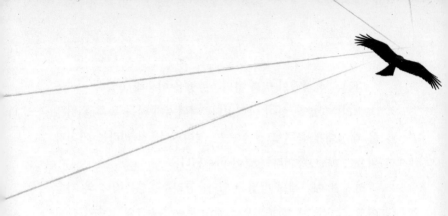

　강호에 천리추종향이란 것이 있다.

　추적 대상에 이 향을 묻히면 천 리의 거리에서도 향을 맡고 쫓을 수가 있다. 현재의 거리로 따지자면 대략 400㎞ 거리에서도 향이 맡아진다는 소리다.

　실제로도 천리향이라는 식물이 존재한다. 하지만 진짜 천리 밖까지 향이 퍼진다는 것은 아니다. 그만큼 향이 많이 퍼진다는 비유적인 표현이다.

　그러나 강호의 천리추종향은 비유가 아니었다.

　'저긴가.'

강산은 한지겸의 뒤를 천리추종향을 이용해 쫓았다.

천리추종향은 향이 아니었다. 지워지지 않는 독특한 기운을 대상에게 묻혀 그것을 쫓는 것이었다. 천 리라는 거리가 비유가 아닌, 향이라는 말이 비유였다.

하지만 여기에도 맹점은 있다. 천리추종향은 일종의 기술이고, 그 기술은 전문적으로 갈고닦은 추종술의 고수가 아니라면 한계가 존재했다.

강산의 천리추종향은 목표가 지나간 자리에 기운의 흔적이 남는다지만, 그 흔적이 하루를 못 가는 것이었다.

'내게는 상관없는 이야기지.'

완벽한 천리추종향을 쓸 필요는 없었다. 오늘 모든 것을 정리하고자 움직이는 그에게 하루라는 패널티는 아무것도 아니었다.

강산은 캠핑장을 지척에 두고 멈췄다. 자신이 묻혀둔 기운이 캠핑장 한가운데에 그가 있다고 알려줬다.

'저것들은 뭐야?'

함정이라고 하기에는 모호했다. 그냥 척 봐도 나 평범하지 않아요, 라고 말하는 자들이 그가 나타나자 강렬한 눈빛을 보내온 것이다.

숨기지도 않고 순식간에 쏟아지는 그들의 눈빛은 하나같이 살기를 품고 있었다.

고수일수록 기운에 민감하다. 그게 살기라면 말할 필요도 없다. 불쾌하고 끈적끈적한 그 느낌이 좋을 리가 없다. 하지만 이번만은 달랐다.

"좋군."

실로 오랜만이다. 이제는 기억에서 희미해져 가는 전장의 느낌. 하나같이 평범한 인간은 아니었다. 무공을 익힌 자들, 그리고 그 수준도 고수라 불리기에 손색이 없었다.

강산은 느긋하게 그들 사이로 걸어갔다. 이대로 가면 한지겸이 있는 곳에 다다른다.

하지만 캠프장을 가득 메운 자들이 가만히 있지 않았다. 순식간에 강산의 주변을 에워싸며 무기를 꼬나 쥐는 자들을 보자니 예전의 기억이 떠올라 물었다.

"외창인가?"

대답은 없었다. 그러나 알 수 있었다. 이 느낌, 전생에 개미 떼처럼 새카맣게 몰려들던 녀석들과 같은 분위기였다.

그게 외창이란 것은 이원목을 통해 알았다. 아마 이 가운데에 이원목이 있을지도 몰랐다. 고개를 돌려 주변을 둘러보니 팔짱을 끼고 있는 이원목이 보였다.

"이원목."

강산의 부름에 이원목이 희미하게 웃어 보이며 앞으로 나섰다.

"순진하군. 갑자기 나타난 천마의 후예를 인정할 리가 있나."

"누군 인정한 것처럼 말하는군."

"무슨 말이지?"

"난 너희를 내 꼬봉으로 인정한 적 없다."

"꼬, 꼬봉?"

"시다바리라고 해줄까? 수하라는 단어도 너희에게는 아깝거든."

이원목은 어이가 없었다. 강산이 엄청난 고수라는 점은 인정한다. 마공을 익힌 무인이라면 그의 앞에서 먹잇감이나 마찬가지였다.

그러나 이곳에는 외창의 고수들이 즐비하다. 자신과 같이 마공을 익힌 고수들은 일부에 불과했다. 그나마도 뒤로 빠져 있는 상황이다.

강산이 아무리 강하다고 해도 한 손이 열 손을 못 막는 법이었다. 이 많은 고수를 그가 당할 리 없었다.

"천마의 후예답게 배짱은 두둑하다만, 오늘 여기가 네 무덤임에는 변함이 없을 것이다."

그 말을 남기고 이원목은 뒤로 빠졌다.

'저놈이……'

할 말만 하고 뒤로 빠지는 그의 행태는 기가 막힐 따름이다. 다른 이들을 방패막이로 삼아 보신을 꾀하는 파렴치한 녀석이다.

강산은 그런 부류의 작자들을 혐오했다.

"쳐라!"

누군가가 소리치자 외창의 고수들이 일제히 병장기를 휘두르며 달려들었다. 입을 꾹 다물고 무기를 휘두르는 모습은 자못 위압적이기까지 했다.

팔방을 점하며 빈틈없이 날아드는 각종 병장기는 전혀 피할 방법도, 피할 구석도 보이지 않았다.

'변함이 없군.'

회귀 전, 마지막 전투에서도 외창의 연수합격은 그를 당혹스럽게 할 정도였다.

연수합격은 내 검이 동료의 공격을 방해하거나, 나아가 동료를 찌르게 될 경우를 조심해야 한다. 그래서 대게는 가장 안전한 투로를 이용해 연수합격의 합과 순서를 맞춘다.

외창의 연수합격은 그런 것과는 달랐다.

머리카락 한 올의 차이.

미세한 차이만 두고 연환과 합격이 이루어진다. 달리 말해 아주 약간의 흔들림만으로도 동료를 찌르거나 무기가 엉키게 될 수 있다.

그러한 연수합격이 끊임없는 노력과 반복 숙달로 된 것이라면 손뼉을 쳐 줄 일이다.

하지만 외창의 연수합격은 달랐다.

'불나방 같은 것들.'

강산의 정글도가 번개처럼 뽑히며 도끼 한 자루와 검 두 자루를 쳐냈다. 그러자 그 틈을 메우며 또 다른 공격이 들어온다.

동료의 몸을 꿰뚫으면서 말이다.

외창의 연수합격이 무서운 이유가 바로 이것이다. 앞의 동료를 무시하고 정해진 투로로 망설임 없이 공격하는 악랄한 합격진이라는 점이다.

"크아아!"

죽음마저 도외시하고 달려드는 외창이라 해도, 막상 동료의 손에 고통을 당하자 비명을 질렀다. 무기가 엉켜 공격이 무산된 자들은 뒤를 잇는 동료의 공격에 몸이 갈라졌다.

"끄어억!"

"아악!"

정글도를 휘두르며 전진하던 강산이 미간을 찌푸렸다.

'그냥 비명이 아니야.'

짧은 비명에도, 간간이 들리는 욕설 뒤섞인 저주스런 외침에도 내공이 실려 있었다. 그리고 그 소리가 중첩될수록 강산의 기분이 극도로 나빠지고 있었다.

'음공이군.'

한지겸의 별호가 바로 광음소자였다. 그의 음공은 강산도 인정할 만큼 뛰어난 무공이었다.

아마도 외창의 녀석들에게 음공을 전수한 것 같았다. 그것도 가랑비에 옷 젖듯이 조금씩 영향을 미치는 일회성 음공으로 보였다.

철저하게 강산을 상대하기 위해 준비한 연수합격진인 셈이었다.

평범한 고수라면 이미 다진 고기가 되었을 것이다. 그만큼 외창의 연수합격은 뛰어났다. 거기에 음공까지 더해져 있으니, 이전과는 비교도 되지 않을 만큼 위력이 증가했다.

하지만 강산은 마치 산책이라도 나온 것처럼 유유자적했다. 가볍게 정글도를 휘둘러 공격을 막아내고 목을 쳐 버렸다.

막상 그가 적의 숨을 거두는 경우는 미미했다. 공격을 막기만 해도, 튕겨 버리기만 해도 사기들끼리 죽게 만들었다. 강산의 무공이 진일보하며 쉽게 그리 만들고 있었다.

그리고 저 멀리, 그놈이 보였다.

"어이, 이원목."

움찔, 이원목이 몸을 움츠리는 모습이 눈에 보일 정도다. 두려움이 가득한 그의 눈동자가 연신 굴러다녔다.

"기다려라."

애당초 수하라 인정하지도 않았으니 배신이란 말도 어울리지 않는다. 그래도 이원목을 그냥 편히 보낼 수는 없다. 이원목의 부하들이 강산을 가족을 노렸다는 이유, 그 하나만으로도 지옥을 맛보여 줄 이유는 충분했다.

"빌어먹을! 죽여! 놈을 어서 죽이란 말이다!"

이원목은 목청이 터지라고 외쳤다. 그러나 그의 외침에 누구도 관심을 두지 않았다.

외창은 근본적으로 내부 고수 외에는 적으로 규정한다. 그들의 목적은 무인의 말살, 비록 이용 가치가 있어 이원목과 손을 잡았다지만, 그 근본적인 목적은 그대로였다.

그러니 백날 이원목이 말해봤자 외창의 고수들이 반응할 리가 없었다. 게다가 반응할 여유도 없었다.

서걱, 투박한 정글도가 허공을 가를 때마다 섬뜩한 소리가 났다. 병장기든 목이든 거침없이 잘리며 붉은 피가 사방으로 튄다.

외창의 고수들이 동료를 베지 않기 위해, 정확히는 동료의 손에 당하지 않도록 몸을 사리기 시작하자 강산의 공격 방식이 변한 것이다.

"원목아."

강산은 일부러 쏟아지는 피를 피하지 않았다. 붉은 피에 젖은 그의 모습은 공포 그 자체였다. 이원목을 압박하며 최대한의 두려움을 선사하기 위한, 과거 강호를 질타하던 독행마 진천의 방식이었다.

외창의 고수들조차 강산의 손끝 하나 건들지 못하고 있었다. 생채기조차, 옷깃 하나조차 베지 못하고 있었다. 오로지 죽은 자의 피만이 강산에게 닿을 수 있었다.

그 와중에도 강산의 눈은 이원목을 똑바로 바라보고 있었다. 소름 끼치는 그 모습에 이원목은 도망칠 생각조차 못하고 있었다.

"으, 으……."

거대한 마(魔)가 시시각각 다가오고 있다. 그럴수록 이원목은 숨이 막혔다. 그리고 이내.

"오래 기다렸지?"

바로 코앞에 다다른 마의 속삭임이 이원목의 눈동자에서 빛을 앗아갔다. 주륵, 그의 사타구니 사이로 액체가 흥건하게 흘렀다.

강산은 그 꼴을 보며 혀를 찼다.

마공을 익힌 마인이다. 상대가 누구라도 이를 드러내며 검을 뽑는 것이 마인의 프라이버시다.

"꼴불견이야."

강산이 이원목을 스쳐 지나갔다.

'사, 살았……'

이원목은 코끝을 스치고 지나가는 바람을 느꼈다.

"오늘 이곳에 있는 자들은 모두 죽는다."

강산의 말에 몸을 돌리려던 이원목은 움직이지 못했다.

"아……."

살짝 입을 벌리던 이원목의 정수리에서 사타구니까지 붉은 실선이 그어졌다. 이원목은 반으로 갈라지며 생을 마감하고 말았다.

*　　　*　　　*

운전대를 잡은 문춘수의 얼굴이 복잡했다.

일전에 강창석은 그에게 솔직하게 말했었다. 자신이 국정원에서 일하고 있고 어지간한 일은 해결해 줄 수 있다며 만약의 사태에 도움을 달라는 이야기였다.

그래서 강창석의 말에 가장 뛰어난 제자들을 데리고 달려왔다. 기껏해야 조폭과 관련된 일이지 않을까 싶어 조금은 가벼운 마음이었다.

그런데 마당에 들어선 순간 뒷골이 싸해졌다.

한쪽에 쓰러져 신음하는 자들, 다들 어디가 부러지는 중상을 입은 자들이었다.

그게 다 강산이 한 일이란다.

혼자서 그들을 병신으로 만들어 놓은 것이다. 그리고 이 녀석들을 보낸 놈을 잡으러 갔다고 한다.

'위험해.'

마당에 쓰러진 자들은 단련된 자들이다. 그런 자들을 보낸 놈을 잡으러 갔고, 그걸 돕기 위해 문춘수와 제자들이 움직이는 중이었다.

문제는 여기에 이 정도로 보낸 놈인데, 과연 놈이 있는 곳에는 얼마나 많은 실력자가 있을까 하는 걱정이었다.

문춘수는 의리파였다. 하지만 손익계산에도 민감했다. 홀로 자식을 키우며 어렵게 복싱 체육관을 운영하다 보니 자연스럽게 그리됐다.

곁눈질로 아들을 봤다.

대식이는 손에 밴딩을 하며 비장한 눈빛으로 전방을 주시하고 있었다. 강산이 위험할지도 모른다는 말에 잔뜩 힘이 들어가 있었다.

문춘수의 눈동자가 흔들렸다. 잠시 심각하게 고민을 하는 듯하더니 조용히 아들을 불렀다.

"대식아."

"네?"

문춘수의 차가 갓길에 멈췄다. 앞서 가던 강창석의 차와 뒤

따라오던 차도 비상등을 켜며 차를 세웠다.

강창석의 요청에 25명의 제자와 아들을 데려왔다. 그중에 10명은 강산의 집을 지키게 두고 자신과 아들을 포함한 17명이 나왔다.

모두 심혈을 기울여 가르친 진짜배기 복서들이다. 이 정도면 어지간한 조폭의 아지트라도 박살 낼 자신이 있다.

하지만 위험한 일이다. 조폭과 싸우러 가는 것도 아니다. 아마도 그보다 더 위험한 놈들이 있을 거다.

그런 곳에 아들을 데려갈 수는 없다. 자신이야 이제 누릴 것은 다 누렸다지만, 아들은 앞날이 창창했다. 대를 끊길 위험을 감수하기도 싫었다.

"잠깐 내려라."

문대식이 뭔 소리냐는 얼굴로 쳐다봤다. 문춘수는 그러거나 말거나 문을 열고 내렸다. 앞뒤의 차에서 고개를 내민 이들에게 손짓으로 잠깐 기다려 달라고 했다.

대식이도 어쩔 수 없이 따라 내렸다. 문춘수는 그런 아들을 이끌고 차에서 조금 더 떨어졌다.

"아버지. 지금 강산이 위험한 판국에……."

"대식아. 애비 말 들어라."

"뭘요?"

"넌 돌아가라. 너무 위험해. 너까지 잘못되면 조상님 얼굴을 뵐 낯이 없어진다.”

“아버지.”

“애비 말 들어!”

문춘수가 대식의 어깨를 강하게 부여잡았다.

“이대로 산이네 집으로 가라. 남아 있는 가족들을 지키는 일을 해도 충분해. 다들 이해할 거다. 그러니까…….”

문대식이 인상을 구기며 아버지의 손을 밀쳐 냈다.

“말 같지도 않은 소리 그만두세요. 친구가 위험한데 저만 빠지라고요?”

“넌 문씨가문의 하나뿐인 아들이야! 네가 잘못되는 꼴은 죽어도 못 본다. 그러니 돌아가!”

“다른 애들은요!”

“뭐?”

“저만 그래요? 저기 타고 있는 창순이도 삼대독자예요. 저 뒤에 있는 녀석은 어떻고요? 몸이 불편하신 홀어머니에 동생만 셋이죠. 그런데 저만 빠지라고요? 무슨 말도 안 되는 소리를.”

대식이는 더 들을 것도 없다는 듯이 몸을 돌려 차로 돌아갔다.

아들의 말이 옳았다. 차에 타고 있는 녀석들의 대부분이 넉넉하지 못한 형편으로 살고 있었다. 그런데 단지 자기 아들이라고 빼는 것도 말이 안 됐다.

문춘수는 신음을 흘리며 차로 돌아가 운전대를 잡았다.

'쪽팔리네.'

아들을 보니 아예 고개를 돌리고 있었다. 뒷좌석에 타고 있는 녀석들은 어리둥절한 얼굴이었다.

"크흠. 얘들아. 이번 일 끝나고 나면 다들 소고기 회식하자. 알았지?"

"네!"

"꽃등심으로요!"

순수하게 좋아하는 녀석들을 보자니 더욱 마음이 껄끄러웠다. 그렇다고 이 녀석들을 돌려보내자니 불안했다.

'산아. 네 반만 돼도 좋겠다.'

자신의 실력이 강산의 반만 되더라도 제자들을 이리 끌고 올 필요는 없었을 것을.

문춘수는 무거운 마음으로 엑셀레이터를 밟았다.

이미 인간의 범주를 벗어난 존재가 강산임을 그들은 모르고 있었다.

*　　*　　*

이원목이 죽임을 당하자 달려들던 외창의 고수들이 일제

히 뒤로 빠지며 원형으로 넓은 포위진을 구축했다.

강산은 정글도를 가볍게 휘둘러 피를 털어내고 어깨에 척 걸쳤다.

"간식 시간인가?"

처음으로 외창의 고수들이 동요했다. 간식은 아니지만 뭔가를 먹을 예정이긴 했기 때문이다. 그들은 품에 손을 넣어 단약 하나를 꺼냈다.

강산은 느긋하게 지켜봤다. 선천지기를 끌어내어 짧은 시간 동안 능력을 강화해 주는 약이다. 이미 겪어보았기에 여유로웠다.

하지만 지금 놈들이 꺼낸 단약은 달랐다. 본래의 단약을 천종설이 업그레이드시킨 역천단이기 때문이다.

그 효과가 전과 다름을 강산이 깨닫는 데는 오랜 시간이 걸리지 않았다.

"조금 다르군."

육체가 약긴 거지며 단단해지는 것은 같았다. 선천지기가 전신을 휘돌며 급격하게 근육의 밀도를 변화시킨 것이다.

이전에는 여기까지였다. 조금 더 빠르고 조금 더 강력한 공격이 이어질 뿐이었다. 그런데 지금은 달랐다. 녀석들의 전신에서 뿜어져 나오는 강력한 기파가 대지를 흔들 정도다.

"이건, 조금 놀랍네."

깨달음을 얻어 무공 수위가 높아지는 현상, 그것이 지금 이들에게서 벌어지고 있었다.

말도 안 되는 일이었다. 약 하나로 경지를 넘을 수 있다면 세상에 고수 아닌 자가 없었을 것이다. 그런데 지금 그 일이 눈앞에서 벌어지고 있었다.

"놀란 모양이군."

기파가 가라앉으며 안정되자 그들 사이로 한 노인이 걸어 나왔다. 그를 본 강산의 표정이 처음으로 심각하게 변했다.

"살아 있었나?"

"글쎄. 이걸 살아 있다고 해야 하는 건지 모르겠군."

"그렇군."

"그렇군?"

천종설이 웃음을 터뜨렸다.

"재밌어. 그리 쉽게 받아들이다니."

"부인도 시체로 만든 자가 당신이니까."

"시체라……."

입술은 미소를 머금고 있었지만, 천종설의 눈에는 번들거리는 광기가 어려 있었다.

"더 이상의 대화는 무의미하군. 음공에 영향을 받지 않았다고 해서 기고만장하지 마라. 급조한 음공일 뿐이니까."

역천단은 달랐다. 시간과 공을 들여 만든 역천단의 효능은 강산을 상대하기에 충분했다.

천종설이 손을 들었다.

"반시체라고 해야 할까?"

뒤틀린 미소를 짓는 그의 손이 아래로 떨어졌다.

"쉽지 않을 거야."

외창의 고수들이 일제히 강산을 향해 몸을 날렸다.

지금까지와는 확연하게 차이가 나는 움직임이었다. 잔상이 남을 정도로 빠른 움직임을 보이는 자도 있었다.

"그럴지도 모르지."

강산이 정글도를 쥔 손에 힘을 주었다.

"예전의 나였다면 말이야."

정글도가 좌에서 우로 그어졌다. 위에서 아래로, 대각선으로 빠르게 휘둘러지는 정글도에 의해 외창의 고수들이 뭉텅뭉텅 피를 뿜으며 쓰러졌다.

고개를 틀어 창을 피하고 목을 날렸다. 가슴을 베고 배를 베며 팔다리를 잘랐다. 한 치의 망설임도 없는 단호한 손놀림으로 수십의 고수를 도륙했다.

하지만 외창이 동원한 고수의 수는 많았다. 강산을 최우선 말살 대상으로 삼은 그들은 일부만 남기고 거의 모든 외창 소속 무인들을 한국으로 불러들였다.

그리고 그들이 고수를 상대함에서 무공은 후순위, 그들의 주특기는 따로 있었다.

푸화악―!

사방으로 하얀 가루가 일제히 뿌려졌다.

'독이군.'

강산은 가볍게 코웃음을 쳤다.

이전에도 어지간한 독에는 중독되지 않았다. 하물며 지금은 내공을 흩어버리는 산공독조차 통하지 않는 몸이 되었다.

강산은 살육을 멈추지 않았다. 대략 2천여 명 정도 되는 외창의 고수가 빠르게 줄어들었다. 만약의 경우에도 후퇴하지 못하도록 전신의 감각을 최고조로 끌어올렸다.

천종설은 강산을 보며 혀를 내둘렀다.

'하나하나가 절정급일진대……. 대단해. 그래 봤자 소용없겠지만 말이다.'

한지겸에게도 말하지 않은 비밀이 있다.

역천단은 분명 한계 이상의 경지를 밟게 해준다.

선천지기 전부를 내공으로 돌리며 인간의 뇌까지 강제로 각성시켜 버린다. 확장된 뇌의 기능이 인간이 지닐 수 있는 감각의 한계마저 뛰어넘게 해 무공의 이해도까지 비약적으로 향상하게 시킨다.

하지만 부작용이 있었다. 컴퓨터로 말하자면 수냉식 쿨러도 달지 않고 3기가짜리 CPU를 5기가 이상으로 오버클록 해

버리는 셈이니, 망가지지 않을 수가 없었다.

그걸 막기 위해 천종설은 하나의 수단을 취했다.

강시화.

단약 안에는 11개에 달하는 고독의 알이 있었다. 천종설이 강시와 고독을 제조하며 연구한 성과였다.

이 알은 단약이 체내에 흡수됨과 동시에 상, 중, 하 단전을 비롯해 전신을 장악한다. 그리고 유전자에까지 영향을 끼치며 인간의 몸을 강시로 변이시켜 버린다.

'유전자 공학이란 거. 꽤 쓸 만하단 말이야.'

천종설은 현대의 유전자 공학을 이용했었다. 강시화되는 과정의 분석을 통해 역천단을 만든 것이었다.

"크아악!"

갑자기 상황이 돌변했다.

팔다리가 잘린 것들이 아무렇지도 않게 공격을 한다. 목이 날아간 자까지도 몇 분간 움직이며 공격해 왔다.

뇌가 없는데도 움직이는 이유는 고독 때문이다. 몸 구석구석에 자리 잡은 고독이 활동을 멈추기 전까지 육체를 움직였다.

강산의 옷이 뜯겨 나갔다. 팔다리를 잘린 자들의 공격은 예상할 수 있었으나, 머리가 잘린 자들의 공격은 그로서도 놀랄만한 일이었다.

하지만 정작 놀란 이유는 다른 데 있었다.

"몸이……."

머리가 없는 강시의 공격이 예상 못 한 일이라 해도 피하지 못할 정도는 아니었다. 그런데도 공격을 허용한 것은 육체의 이상 현상 때문이었다.

천종설은 위기에 몰리기 시작하는 강산을 보며 회심의 미소를 지었다.

"역시, 공부는 평생 해야 하는 법이지."

유전자 공학을 공부하며 만들어낸 또 다른 작품이 사방에 뿌려진 가루였다.

가루의 정체는 유전자에 영향을 끼치는 독이었다. 그것도 살아 있는 사람의 유전자에만 적용되었다. 즉, 이곳에 있는 강시화된 이들은 영향을 받지 않았다.

"크헉!"

"사, 살려……."

하지만 이곳에 살아 있는 사람이 강산 혼자는 아니었다. 곳곳에 독에 중독되어 쓰러지는 자들은 이원목의 수하들이었다.

이원목의 수하들은 애당초 외창을 믿지 않았다. 그저 명령에 따랐을 뿐이고 무사히 살아남기를 바라고 있었다. 그렇기에 천종설이 준 단약을 먹지 않았었다.

그 결과도 죽음일 줄은 예상하지 못했지만 말이다.

'번거로워졌군.'

이미 만독불침의 경지에 이른 강산이었다. 어떠한 독도 그를 해할 수는 없었다. 유전자 독도 크게 영향을 끼치지는 못하고 있었다. 단지 그의 움직임을 제한할 뿐이었다.

"강산. 어떤가? 경지가 높은 덕분에 죽진 않아도 많이 힘들 게야."

강산의 옷이 여기저기 해지고 있었다. 절정고수의 몸놀림을 보이는 강시의 공격은 반호흡만 늦게 피해도 상처를 입었다.

"참. 하나 더 말해줄까? 지금 뿌린 가루들 말이야. 그냥 두면 반경 2㎞ 거리까지 퍼질 거다. 그 안에 있는 사람들은 어찌 될까?"

푸학!

강산이 신경질적으로 정글도를 휘둘렀다. 앞에 있던 놈 하나의 몸이 나뉘며 오체분시되어 버렸다. 그 서슬에 외창의 고수들이 움찔 뒤로 물러섰다.

"협박인가?"

"모르는 사람의 일에 대해선 무관심하다는 걸 알지. 이런 걸로 협박이 될까. 단지 하나만 알려주고 싶어서."

천종설이 휴대폰을 꺼내 전화를 걸었다. 상대방이 전화를 받자마자 그는 스피커 통화 버튼을 눌렀다.

"오랜만일세."

—천… 대표님?

"아직 내 번호를 기억하는가 보구먼."

—어떻게 된 겁니까? 분명 돌아가신 걸로…….

"죽긴 죽었었지. 그보다도 말일세. 지금 아들이 있는 곳으로 가고 있지 않나?"

—…그걸 어떻게 알고 계십니까?

"자네나 나나, 우리 같은 부류에게 위치 추적은 그리 어려운 일이 아니지. 더구나… 내가 지금 자네 아들과 함께 있어서 말이야."

—산이와요?

"그래. 빨리 오는 게 좋을 거야."

천종설은 전화를 끊으며 어딘가로 손짓했다.

"방금 말일세. 이 지역의 전파를 차단했네. 전화를 걸려고 해도 소용이 없을 거야."

강창석이 쫓아오는 덕분에 일이 수월해졌다. 강산은 가족의 걱정에 전력을 다해 외창의 고수들을 죽이려 할 것이었다.

지금처럼 효율적인 움직임을 떠나 과도하게 몸을 움직인다면, 독의 효과가 배로 빠르게 퍼지게 된다. 그렇게 되면 결국 이곳이 무덤이 될 것이다.

하지만 강산은 전혀 동요하지도, 조급해하지도 않았다.

"재밌군."

나직한 강산의 어조에는 조소가 섞여 있었다.

"허허, 가족의 생사마저 초탈해진 겐가?"

강산의 비웃음이 더욱 진해졌다.

"너 하는 짓이 웃겨서 말이다."

퉁─

강산을 중심으로 눈에 보이지 않는 기파가 사방으로 퍼져 나갔다. 그것은 영역을 넓히며 반경 10km의 거리까지 샅샅이 훑었다.

기묘한 기파를 천종설이 느끼지 못했을 리 없다.

"뭐하는 짓이지?"

"아버지께서 어디까지 오셨는지 확인하느라."

"허, 그게 가능하다고?"

"범위가 2km라 했지? 5분 정도 여유가 있겠어."

분명 놀라운 일이다. 이런 일이 가능하리라는 건 생각조차 못했다. 하지만 겨우 5분이다. 그 시간 안에 강산이 여기 모두를 죽일 수는 없으리라.

"그렇게 생각하나?"

천종설의 등골이 쭈뼛 서버렸다. 강산의 눈빛이 마음속 깊은 곳까지 쑤시는 느낌이다.

"어림없는 일이다."

"글쎄."

5분이면 충분했다.

"내가 누군지 잊었나 봐."

강산의 주변으로 막대한 기가 요동치기 시작했다. 요동치던 기는 강산을 중심으로 회오리가 되어갔고, 회오리는 점차 붉게 물들어가며 뜨거운 열기를 내뿜기 시작했다.

"마, 막아라!"

천종설의 명령에 외창의 고수들이 강산을 공격하려 했다. 하지만 마음만 그럴 뿐, 이제는 청백색으로 변한 기의 열풍 탓에 뒤로 물러서기 급급할 따름이다.

"나도 공부 좀 했지. 현재 풍속은 초당 일 미터에서 이 미터 정도지. 그럼 지금 독 가루가 퍼진 범위는 대충 오백에서 칠백 미터 사이다. 그렇다면."

강산의 목소리가 땅이 녹을 정도로 강렬한 열풍을 뚫고 천종설의 귓가에 닿았다.

"네이팜탄의 원리를 이용하면 되겠지."

고열로 순식간에 주변의 모든 것을 태우면, 갑자기 사라진 산소로 진공 상태가 되었다가 불이 꺼진 중심으로 사방의 공기가 몰려든다.

그렇게 빨아들인 독가루를 재차 불태워 버리면 흔적도 없이 타버릴 것이었다.

푸화학!

청백의 거대한 열풍이 사방으로 폭사하며 순식간에 주변을 집어삼키기 시작했다.

이리되면 몸 안의 독이 강산에게 작용하기도 전에 상황이 종료되게 된다. 천종설로서는 안타까운 일이었다.

캠핑장을 중심으로 약 1㎞에 이르는 공터가 생성되었다. 계곡도 증발해 버린 공터는 새카맣게 타버려 공중에서 보면 구멍이 뻥 뚫린 모양새였다.

쏴아아아

잠시 증발했던 물이 다시 계곡으로 흘러들기 시작했다. 계곡은 다시 물로 채워지며 처참한 흔적을 조금이나마 지워가고 있었다.

중앙에 굳건하게 서 있는 것은 강산이었다.

'조금 피곤하군.'

이미 인간의 경지를 넘어선 그였다. 막대한 내공을 쏟아내고도 피로를 느끼는 것이 전부였다.

그래도 내공의 손실은 상당했다. 그의 단전이 주변의 기운을 끊임없이 끌어당겼지만, 홀랑 타버린 파괴의 현장에 자연지기라고 얌전히 남아 있을 리가 없다.

"뭐, 이 정도로도 충분하겠지."

주변에는 숯덩이가 되어버린 시체들이 즐비했다. 그것이 어떠한 감상으로 다가오지는 않았다.

적이었으니 싸웠고 죽였으며 승리했다.

단지 그뿐이다.

"이제 그만 끝내지."

그의 음성에 한구석의 땅이 들썩였다. 새카맣게 타버린 땅거죽을 뚫고 불쑥 누군가가 몸을 일으켰다.

"이 괴물 같은 놈."

시커멓게 변한 얼굴 사이로 흉흉한 안광만을 번들거리는 자, 바로 천종설이었다.

"꼴이 멋지군."

강산이 손뼉을 쳤다. 그 모습에 천종설이 전신을 부들부들 떨었다.

"놈. 네놈이 대단하다는 건 인정하겠다. 진정 천하제일이라 불릴 만한 무학이로구나. 하지만 오늘 이 자리에서 네가 죽는다는 사실은 변치 않을게야."

"상상은 자유고. 그보다 궁금한 게 있는데 말이야."

"뭐냐."

"왜 이런 짓을 하는 거지?"

천종설에게는 시간이 필요했다. 뒤쪽에 있는 한지겸이 완전히 각성하기까지의 시간.

"그걸 몰라서 묻는 건가."

"응."

일견 순진하기까지 한 반응에 천종설의 노안이 붉게 물들었다. 물론 그게 겉으로 드러나지는 않았다. 얼굴이 시커먼 재로 뒤덮였기 때문이다.

"다 너 때문이다."

"나?"

"지금의 상황만 봐도 알 수 있지 않은가? 이런 힘을 일개 개인이 갖게 놔둘 수는 없다. 너 때문에 난 부인을 만날 수 없게 되었고, 너 때문에 부인을 강시로 만들어야 했다. 그건 불완전한 인간에게 감당할 수 없는 힘을 줬기 때문이다."

중원에서는 별 상관없었다. 무림이 있고 고수를 상대할 고수는 항상 있었기 때문이었다.

하지만 현대에 이르러서는 다르다.

무림을 말살하기 위한 주원장의 정책으로 말미암아 무공은 옛이야기에나 나오는 전설적인 것이 되어버렸다.

현대에 이르러 그가 파악한 무인은 외창의 3천 명을 빼면 겨우 5백 명밖에 되지 않았다. 70억이 넘는 사람 중에 무인은 3천 5백 명밖에 없는 것이다. 0.00005%다.

그중에 강산과 같은 고수는 없었다. 그 말은, 강산을 막을 수 있는 사람이 전혀 없다는 얘기다.

"넌 사라져야 한다. 이전과 같은 일이 또다시 벌어지지 말라는 법이 없으니까."

"남은 무인 중에 내 경지에 이를 사람이 없다는 보장도 없잖아? 너무 쉽게 생각하는군."

"그건 네가 걱정할 필요 없다. 그냥 얌전히 목을 내놓으면 되는 내가 알아서 할 테니까."

오늘이 지나면 세상에 남아 있는 무인은 자신을 비롯해 100여 명밖에 남지 않는다.

'그 100명도 내 손에 죽을 것이야.'

천종설은 세상에 무인의 씨를 말릴 생각이었다. 그것을 위해 역천단을 만들었다.

역천단에 몰래 심어놓은 고독은 그의 명령에 소멸할 테고, 그렇게 되면 강시화되었던 육신은 단순한 시체로 돌아간다.

하지만 거기까지 강산에게 말할 수는 없었다. 아니, 뒤에 있는 한지겸이 듣게 할 수는 없었다.

콰앙—

굉음이 울리며 땅거죽이 터졌다. 그 속에서 모습을 드러낸 자는 다름 아닌 한지겸. 그가 결국 역천단을 완전히 소화하고 몸을 일으킨 것이다.

"한지겸."

강산은 신음을 삼켜야만 했다. 한지겸의 지금 나타났다는 건 천종설의 약을 먹었다는 말이다. 그건 즉, 그도 강시화가 되어버렸다는 얘기다.

더구나 그에게서 흘러나오는 기세가 보통이 아니었다. 이전의 경지를 월등히 뛰어넘은 모습이었다.

한지겸이 고개를 돌려 강산을 바라봤다.

"강산."

온몸에서 힘이 넘쳐흘렀다. 지금이라면 강산이라 해도 꺾을 수 있다는 자신감이 충만했다.

"너도 먹었구나."

"그래. 덕분에 경지에 오를 수 있게 되었다. 이제 널 쓰러 트리면 천하제일은 바로 내가 된다."

"천둥벌거숭이 같은 놈."

"너야말로 천둥벌거숭이처럼 마음대로 설치는 것도 오늘 로 끝이다."

"경지에 오른 건 확실해?"

"후후, 봐라. 이게 나의 힘이다."

공력을 전부 개방하자 막대한 진기가 휘몰아쳤다. 확실히 이전에 비하면 엄청난 발전을 한 셈이다.

하지만 강산이 말한 것은 그런 것이 아니었다.

"그게 아니라, 경지에 올랐다는 놈이 자신의 상태도 모르나 싶어서."

"무슨 헛소리야."

"저기 쟤도 약 먹었다."

강산이 가리킨 곳에는 완전히 타버린 외창의 고수가 있었다. 그런데 그 상황에서도 약간씩 꿈틀거리고 있었다.

"저건……."

"넌 이제 인간이……."

"한지겸!"

천종설이 강산의 말을 막았다. 그는 한지겸을 무섭게 노려보며 말했다.

"네 목적은 무엇이냐? 강산을 죽이고 천하제일에 오르는 것이 아닌가?"

고독의 영향일까?

천종설의 말에 한지겸의 흔들리던 눈동자가 안정을 되찾았다.

"그래. 상관없다. 난 널 죽이고 천하제일인이 되어 세상을 질타할 것이다."

강산의 마음에 연민이 차올랐다.

중원에서 한지겸의 외모는 그리 뛰어나지 않았다. 소림의 속가제자이며 무공이 뛰어났기에 망정이지, 평범한 삶을 살았더라면 누구도 그에게 관심을 두지 않았을지도 모른다.

소림의 기대를 한 몸에 받던 그가, 무림의 후기지수가 되어 세상을 오시했을 그가, 강산 때문에 악역을 맡아야만 했다.

정도무림의 배신자로 낙인찍히고, 같은 소림의 사제들에게 검을 겨눠야 했다.

그나마 이서경의 존재로 마음을 달랠 수는 있었으나, 이서경의 마음을 얻을 수는 없었다.

아마 한이 되었을지도 모른다. 그 모든 것이.

"지겸. 이건 네 선택이다."

연민은 연민일 뿐이다. 한지겸의 마음을 이해하지 못하는 것도 아니다. 그러나 단지 그뿐이다. 책임은 언제나 본인이 져야 한다.

강산이 정글도를 바로 세웠다.

"언제나 네 멋대로야. 마음에 안 들어. 네가 뭔데 내 죽음을 결정하는 거냐?"

한지겸의 손에 검은 강기가 덧씌워졌다. 모든 것을 파괴하는 죽음의 기운이었다.

"오늘은 내가 결정한다. 강산, 넌 이 자리에서 죽는다!"

피식, 강산이 한심하다는 듯이 웃으며 정글도를 손에서 놓았다.

팡!

정글도는 바닥에 떨어지는 대신에 허공을 박차고 날았다.

갑자기 쇄도하는 칼에 놀란 한지겸에 손을 들어 막았다. 꽝 하는 굉음과 함께 지겸의 몸이 뒤로 쭉 밀려났다.

"크윽!"

엄청난 충격에 정신을 차릴 새도 없었다. 정글도는 그대로 짓쳐들어오며 집요하게 지겸을 노렸다.

칼과 손이 부딪힐 때마다 굉음이 터졌다. 그때마다 한지겸은 커다란 충격을 받으며 연신 뒤로 물러나야 했다.

"이기어검이라니!"

이기어검(以氣御劍)은 검이 살아 움직이게 만드는 극상승의 무학이다. 비슷하게 비검술(飛劍術)이나 비도술(飛刀術)도 있지만, 손에 가해지는 충격은 전설의 이기어검이 분명했다.

아니, 따지자면 칼을 쓰고 있으니 이기어도다. 어쨌거나 분명한 사실은 강산의 무공 수위가 상상 이상이라는 거였다.

이기어검을 쓴 자는 무림에서도 셋 정도였다.

소림사를 세운 달마대사,

무당파 개파조사 장삼봉,

천마신교를 세운 초대 천마.

전부 전설적인 인물들이었다. 강산의 무공이 아무리 높아졌어도 그들의 수준일 거라고는 생각하지 못했었다.

"크아아!"

한지겸이 전력을 집중하여 쌍장을 뻗었다. 강산의 정글도와 지겸의 쌍장이 만나며 지면이 흔들릴 정도의 충격파가 발생했다.

쩡!

정글도가 충격을 이기지 못하고 산산이 조각나며 흩어졌다.

확실히 현대의 제철 기술은 과거에 비할 바가 아니었다. 강산의 내공을 담고 계속된 전투를 버틴 것만 해도 대단한 것이었다.

지금의 제철기술에 장인의 혼이 담긴 제련술이 더해졌다면 정글도는 명검을 넘어 신검의 반열에 올랐을지도 몰랐다.

"제법 놀랐다. 하지만 여기까지다."

칼이 없다면 이기어검을 펼칠 수 없다. 음공을 사용하며 광음소자라 불렸었지만, 한지겸의 장기는 어디까지나 장법과 지법이었다.

무기가 없는 강산이라면 충분히 승산이 있었다.

"지겸아. 착각은 거기까지만 헤라."

"착각이라니!"

"아까 네가 말했었지. 내가 너무 제멋대로라 싫다고."

"그래. 그래서 나와 이서경이 한 희생이 얼마인지 알기나 해?"

"알지. 아는데."

그걸 모르지는 않는다. 그렇다고 해서 미안하다며 목을 내줄 수도 없다.

"내가 멋대로 사는 건 말이다."

강산이 오른손을 떨치자 열풍에 녹지 않은 병장기들이 공중으로 일제히 솟구쳤다.

"내가 강자이기 때문이다."

경악한 지겸을 향해 병장기가 쇄도했다.

고독은 치료할 수 있었다. 충분한 능력도, 마음도 있었다. 그러나 강산은 지겸의 목숨을 거둘 수밖에 없었다.

"끄윽, 끅."

숨을 헐떡이는 지겸의 앞에 선 강산의 눈동자에 슬픔이 묻어났다.

고독만이라면 치료할 수 있었지만, 강시화가 되어버린 육체는 불가능했다. 더구나 지겸은 돌아올 수 없는 곳까지 가버렸다.

"내가 해줄 수 있는 건 여기까지다."

한지겸은 전력을 다했다. 수없이 쇄도하는 병기를 향해 자신의 무공을 마음껏 펼쳤다. 전력을 다한 결과는 결국 변하지 않았지만, 무인이라면 받아들일 수 있는 결말이었다.

그랬다. 강산은 친우였던 이에게 최소한의 예우로 무인의 죽음을 선사한 것이었다.

한지겸의 손이 강산을 향해 뻗었다. 그 손은 이내 힘없이 떨어지며 지겸의 삶도 종착역에 도달했다.

강시화가 되었다고 해도 지겸은 더이상 움직일 수 없었다. 병장기가 고독이 자리 잡은 곳을 정확히 꿰뚫었기 때문이었다.

강산은 지겸의 눈을 감겨주고 몸을 돌렸다.

"넌 그냥 죽지 못할 거다."

천종설은 굳은 얼굴로 강산을 쳐다봤다.

"대단해. 말도 안 되는 경지야."

강산의 무공은 예상을 월등히 뛰어넘었다. 덕분에 이제는 최후의 수단을 써야 했다.

"하지만 강산. 넌 얌전히 목숨을 내놔야 할 게야."

"정신이 나갔구나."

애당초 제정신이라면 여기까지 오지도 않았을 거다. 천종설은 이미 예전의 현기를 잃은 상태였다. 더는 천기신뇌라 불리던 이는 존재하지 않았다.

"아니. 저길 봐라."

천종설이 가리키는 곳에 강창석과 문춘수 관장이 있었다. 그들은 현장의 참혹한 상황에 당황스러워하고 있었다.

아버지가 도착한 것은 알고 있었다. 그러나 주변에는 아무도 없었고 상황은 강산이 완벽하게 통제하고 있었다. 천종설이 어떠한 수를 써도 아버지에게 해를 끼치기 전에 제압할 수 있었다.

그래서 강산의 얼굴은 시종일관 담담했다. 그 모습에 천종설의 입매가 뒤틀렸다.

"봐라. 내 심장은 진짜가 아니다. 이게 무얼 뜻할까?"

천종설이 옷을 찢으며 가슴을 내보였다. 흉측한 수술 흉터가 가슴 한가운데에 있었다.

"이 안에 인공심장이 있다. 그리고 내 심장은 리모컨이기도 하지."

"그게 무슨 소리지?"

"내 심장의 기운이 사라지면 지하에 매설된 10톤의 TNT가 폭발할 거다. 그건 이 리모컨을 눌러도 마찬가지지."

천종설은 품에서 소형리모컨을 꺼냈다.

강산의 눈매가 일그러졌다.

"헛소리 마라. 폭탄이 있었다면 아까의 열풍으로 폭발했을 테니까."

"솔직히 말해 아까는 나도 놀랐었다. 지하 10m 아래에 매설해 두지 않았다면 터졌겠지."

멀찍이 떨어져 상황을 살피던 강창석은 그제야 강산을 발견했다.

"산아!"

"오지 마세요!"

달려오려는 강창석을 막으며 강산이 이를 드러냈다.

"천종설. 끝까지 추잡하구나."

"추잡하게 살아도 혼자 잘살 생각이다. 그러니 얌전하게 죽어라. 그럼 네 가족은 건들지 않으마."

한기를 풀풀 날리던 강산의 안색이 이내 평온해졌다.

"거절한다."

"뭐?"

소리도, 기척도 없었다. 리모컨을 들고 있던 천종설의 손이 분해됐다. 그의 양팔과 두 다리도 조각조각 나뉘며 무너졌다.

팔다리가 사라진 천종설의 몸뚱이가 바닥에 떨어졌다.

"강사아아아아안!"

천종설의 입에서 끔찍한 비명이 터져 나왔다. 바닥에 떨어진 천종설은 고개를 미친 듯이 좌우로 흔들며 악을 질렀다.

"이 저주받을 자식! 이건 안 된다! 이럴 수는 없어! 이렇게 이럴 수가!"

천종설의 옆에 선 강산이 무심한 눈으로 내려다봤다.

"무형검을 너 따위에게 쓸 줄은 몰랐다."

무형검(無形劍)은 말 그대로 형체가 없는 검이다. 그저 의지만으로 보이지 않는 검이 생성되며 적을 베어버리는, 전설이라 부를 수도 없는 상상의 경지였다.

달리 심검(心劍)이라고도 불리며 입신(入神)의 경지에 오른 자만이 펼칠 수 있는 무학이라 여겨졌었다.

그걸 강산이 펼친 것이었다.

"죽지 않는 몸이라 했지? 썩지 않는 관에 넣어주마."

천종설의 괴성이 뚝 멈췄다.

"안 돼, 이럴 수는 없다. 제발……."

"시끄러."

강산은 그대로 몸을 돌렸다.

10장
강산, 무덤 파다

외창은 전 세계에 걸쳐 퍼져 있는 조직이었다. 그렇기에 강산을 죽이려고 모인 3천여 명의 외창 고수들은 국적 또한 제각각이었다.

3천이나 되는 외국인들이 한국에 들어와서 증발했다. 분명 크게 이슈가 되고 이목이 쏠릴 만한 사안이었다.

하지만 일은 조용하게 처리되었다.

"고맙다."

"고맙긴 뭘."

강산의 인사에 리안은 어깨를 으쓱였다.

"은퇴한다며?"

"복싱으로는 널 이기기 힘들 거 같아서."

강자와의 대결을 반기는 리안이었다. 강산을 이길 수 없다는 이유만으로 은퇴할 리는 없었다.

"그럼 다른 거로 이기려고?"

강산의 말대로다.

리안의 가문은 미국의 유서 깊은 유대계 가문이다. 아버지가 돌아가신 이후로는 신경 쓰지 않으려 했지만, 강산 덕분에 생각이 바뀌었다.

"넌 스포츠로 세계를 제패해라. 난 돈으로 할 테니까."

뒤늦게 가문에 복귀하는 그였지만, 가문의 수장이 될 생각이었다.

어렵고 힘든 길이었다. 불가능한 일이나 마찬가지였다. 그래도 리안은 해낼 자신이 있었다. 그의 곁에는 샤를 에미앙이 있었으니까.

"마스터. 그만 가셔야 합니다."

샤를의 말에 리안은 몸을 일으켰다.

"산아. 지금은 무력보다 재력이야. 그 부분에서 넌 날 이길 수 없을 거다."

"도발이냐?"

리안이 웃음을 터뜨렸다.

"난 지금 돌아가도 꽤 높은 위치에 선다. 지금의 네가 거기까지 도달하려면 100년은 이르다."

"100년이라… 그 정도야 뭐."

100년 정도 더 사는 거야 문제도 아니다. 솔직히 지금은 자신이 언제 죽게 될지도 모르겠다. 누구도 올라본 적 없는 무의 경지에 올랐으니까 말이다.

리안은 그저 강산의 패기 정도로만 여기며 친구를 위해 미소를 지어주었다.

"은퇴하면 연락해라. 네가 일할 자리 하나 준비해 둘 테니까."

"난 머리만 하는 거 알지?"

리안은 재차 웃음을 터뜨렸다.

"야, 야, 그래. 뭐 그것도 좋겠지. 나도 너와의 경쟁이라면 대환영이니까."

강산에게 손을 흔들어주며 차에 올랐다. 차창 밖으로 멀어지는 친구의 모습을 보자니, 어쩐지 불안해졌다.

"에이, 아니겠지."

강산은 종잡을 수 없는 친구였다. 그리고 그 능력의 한계조차 짐작이 가지 않았다.

그가 자신과 경쟁이 붙는다면?

'설마.'

괜스레 오싹해지는 느낌이다. 하지만 기대가 되기도 했다. 경쟁은, 특히나 상대방이 강하면 강할수록 즐거운 법이니까.

"마스터."

"응?"

"강산 씨의 일을 해결해 주기 위함인 건 압니다만, 너무 쉽게 유산을 포기하신 거 아닙니까?"

리안은 강산의 문제를 해결해 주기 위해 아버지에게 물려받은 유산을 포기했다. 그 대가로 가문에서는 대한민국에서 벌어진 일을 무마시켜 주었다.

"친구잖아."

샤를은 울컥했다.

유산은 단순한 돈이 아니었다. 가문에서의 지위를 비롯한 유형과 무형의 자산이 그에게 남겨진 유산이었다. 그 상당수를 강산을 위해 포기했다.

"그리고 원래 바닥부터 올라가야 맛이지."

대신 리안은 처음부터 시작하기로 했다. 대기업으로 치자면 신입사원인 셈이다.

신입사원에서 회장까지.

물론 아무런 배경도 없는 신입사원과는 다른 처지다. 그래도 그를 견제하는 사람은 수도 없이 많았다. 그들을 차례차례 꺾으며 올라가는 일이다.

"내 즐거움이 뭔지 알잖아?"

샤를은 즐거운 표정을 짓는 리안에게 더는 뭐라 할 수가 없었다.

"그리고 샤를."

"네."

"네가 내 곁에 있는 한, 나에게 불가능은 없어. 지금까지처럼 앞으로도. OK?"

샤를의 얼굴이 붉게 물들었다.

*　　　*　　　*

리안 덕분에 일이 잘 해결되었다. 강산에 대한 모든 루머와 소문은 사라졌고 그의 세계기록 경신은 계속되었다. 올림픽 종목은 물론 이스포츠까지 잠식했고 최근에는 골프도 시작했다.

강창석은 국정원을 그만두고 작은 음식점을 차렸다. 신재숙에게 요리를 배운 그의 실력은 상당해서 음식점은 날로 번창했다.

신하윤은 아예 강산의 전속 매니지먼트사를 차렸다. 수많은 계약을 유리하게 체결하고 수익을 극대화하며 이 바닥에서 명성을 쌓았다.

그리고 그쯤, 이서경이 강산을 찾아왔다.

"오랜만이야."

어색한 인사를 하며 이서경이 손을 내밀었다.

그날 이후, 그녀는 대하그룹의 일에 몰두했다. 다른 것에는 일절 신경 쓰지 않고 그룹의 경영에만 모든 것을 쏟았다. 그러지 않고는 견딜 수가 없었다.

고강한 무공에도 그녀의 모습은 많이 수척해져 있었다. 무공을 익히지 않았더라면 벌써 쓰러지고도 남았을 모습이었다.

강산은 이서경의 손을 외면하지 않았다.

"고생했다."

따뜻하게 잡아주는 그의 배려에 이서경은 왈칵 눈물을 쏟아낼 뻔했다. 하지만 꾹 눌러 참았다. 눈물을 흘릴 자격도 없다고 생각했다.

최근 매스컴은 강산에 관한 기사로 연일 도배가 되다시피 했다. 매일같이 강산의 얼굴을 보다 보니, 그리움과 죄책감이 배가되어 짓눌렀다.

결국, 참지 못하고 왔다. 용서를 구하고 변명이라도 하고 싶어 왔다.

그런데 뭐라고 하기도 전에 위로부터 듣고 말았다.

"저기……."

이서경은 힘겹게 입을 열었다.

하고 싶은 말은 많았다. 그런데 막상 입을 열자 할 수 있는 말이 없었다.

강산은 힘겨워하는 그녀 대신에 먼저 입을 열었다.

"나 골프 시작했어."

"응?"

"원래 너희 그룹이 프로골퍼 지원 전문이지? 스폰을 해줬으면 하는데."

"아, 무, 물론. 해줄게."

이서경이 다급하게 고개를 끄덕였다.

지금은 이것만으로도 고마웠다. 단순한 스폰 계약이지만, 계약을 요구한다는 것은 그가 자신을 내치지 않겠다는 소리니까.

"단, 조건이 있어."

"뭔데?"

이서경의 음성이 긴장으로 떨리고 있었다. 강산이 무슨 조건을 내걸어도 들어줄 생각이지만, 그것이 그와 자신의 사이에 나쁜 영향을 끼치는 조건일까 두려웠다.

"나와 연락할 일이 있으면 무조건 네가 할 것."

"응?"

"그룹 회장의 특별 관리를 받고 싶다는 이야기지."

다른 사람이었다면 말도 안 되는 이야기다. 하지만 강산이기에, 그리고 이서경이기에 가능한 조건이다.

그리고 그건 앞으로 자주 연락하자는 의미였다.

"흑!"

결국, 이서경이 애써 참았던 눈물이 흘러나오고 말았다.

문전박대를 당해도 할 말이 없었다. 그런데 강산은 따뜻하게 받아주고 용서의 손길을 내밀었다.

"울면 곤란한데."

흐르는 눈물을 닦은 이서경이 슬쩍 강산의 눈치를 살폈다.

"친구를 울리는 나쁜 놈이란 기사라도 나면 어쩌라고."

"산아."

이서경의 눈에서 눈물이 봇물 터지듯이 흐르기 시작했다. 하지만 그녀는 환하게 미소를 지었다.

"고마워. 정말, 고마워."

이서경이 돌아가고 며칠 뒤, 신하윤이 씩씩거리며 강산의 방으로 들어왔다. 책상 위에 서류 하나를 신경질적으로 내려놓는 그녀의 볼은 잔뜩 부풀어 있었다.

신하윤으로서는 당연한 입장이다.

이서경을 용서한 것으로도 모자라서 계약서까지 검토하라고 했으니까 말이다.

처음 계약서 초안을 받은 그녀는 잔뜩 별렀다. 조금이라도 안 좋은 조항, 이상한 조항이 있으면 꼬투리를 잡으려고 말이다.

그런데 계약서는 철저하게 강산에게 유리한 조항만으로 가득했다.

"아무 이상도 없습니다, 강산 씨."

입술을 삐죽 내민 그녀의 모습에도 강산은 무신경하게 계약서만 살폈다.

"그러네. 괜찮은 거지?"

"하!"

강한 콧방귀로 마음을 표현했다. 말도 안 되는 일이다. 계약을 감정에 치우쳐 허투루 살필 정도로 못나지는 않았다. 그걸 뻔히 알면서 묻다니.

강산의 눈동자가 자신에게 향했다. 그 눈빛은 확실해, 라고 묻는 듯했다.

"너무한 거 아냐?"

"뭐가?"

"언니가 무슨 짓을 했는데 이렇게 쉽게 용서하고 계약까지 해주고. 좋아, 다 좋다 이거야. 날 그렇게 못 믿어? 내가 설마 계약서를 대충 봤을까 봐?"

서운한 마음이 가득했다.

강산이 의심할 정도의 존재밖에 되지 않았던가, 서운하고 섭섭하고 화도 났다.

"아, 계약서. 그거 말한 거 아닌데."

"뭐?"

신하윤이 눈썹을 모았다. 무슨 뚱딴지같은 소리인지 모르겠다.

강산은 계약서를 내려놓고 의자를 뒤로 젖히며 몸을 기댔다. 양손을 머리 뒤로 깍지 끼고 편안한 자세로 툭, 충격적인 말을 던졌다.

"내년에 결혼하는 거."

"어?"

"PGA 챔피언십, 마스터즈 토너먼트, US 오픈, 오픈 챔피언십. 한 해에 이 대회 전부 우승한 사람은 없다며? 내년에 그랜드슬램 달성한 후에 은퇴하려고. 그때 결혼하자. 음… 결혼식은 외국에서 하는 게 좋겠지? 섬 하나를 빌려서 할까?"

강산이 무슨 말을 하는지 어안이 벙벙하던 신하윤이 겨우 정신을 차렸다.

'결혼? 지금 나한테 청혼한 거야?'

분명히 기쁜 일이다. 기쁘긴 한데, 뭔가 이건 아니다. 마치 적선하는 셈 치고 까짓 거 결혼해 줄게, 라고 말하는 모습이다.

"너, 너. 무슨 청혼을 이런 식으로……."

"창밖을 볼래?"

분노에 부들부들 떨던 하윤이 창밖으로 겨우 시선을 돌렸다.

파라라락!

맞은편 빌딩 옥상에서 거대한 현수막이 아래로 펼쳐지는 모습은 장관이었다. 그리고 그 현수막에는 이렇게 쓰여 있었다.

사랑해 하윤아. 나와 결혼해 줘. 평생 행복하게 해줄게.

분노는 순식간에 가라앉았다. 눈으로 보고도 믿기지 않았다.

사실 아까의 청혼 방식이 강산답기는 했었다. 아무렇지도 않게 결혼하자, 할 만한 성격의 소유자가 강산이었다. 그래서 그녀의 놀람이 더욱 크기도 했다.

하지만 강산이 준비한 것은 그게 끝이 아니었다.

몸을 일으키며 앞으로 돌아오는 강산의 왼손에는 꽃다발이, 오른손에는 반지 케이스가 있었다.

강산은 자리에서 일어나 하윤의 앞에 섰다.

'내 생에 처음으로 꿇는 무릎인가?'

아니다. 사실 무릎은 예전에도 꿇었었다. 부모님 앞에서 한 번.

그걸 부모님이라 그렇다고 치면, 이번이 그의 생애를 통틀어서 처음으로 꿇는 무릎이었다.

"받아."

하윤이 얼결에 꽃다발을 받자 강산이 한쪽 무릎을 꿇었다. 그리고 두 손으로 반지 케이스를 열어 앞으로 내밀었다. 생각보다 큼직한 다이아 반지가 영롱한 빛을 뿌리고 있었다.

"나와 결혼해 줄래?"

하윤이 입을 가리며 눈물을 흘렸다. 아무리 털털하고 남자 같은 성격이라 해도 지금만큼은 여자가 될 수밖에 없었다.

그녀의 고개가 천천히 끄덕여졌다.

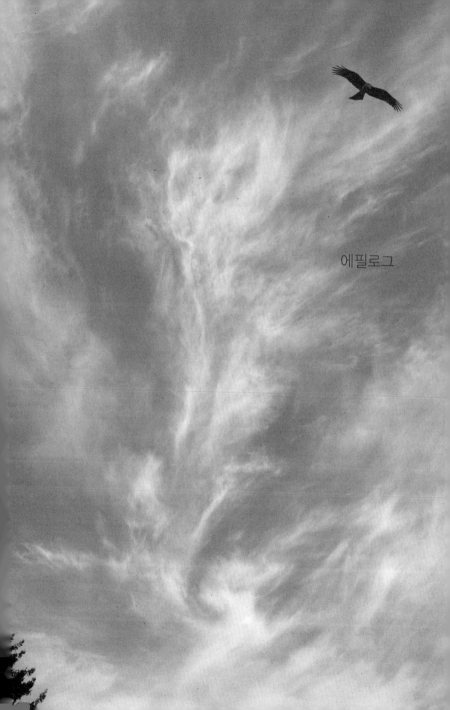

에필로그

내 이름은 강산이다.

올 마이티 챔프.

모든 스포츠를 마스터했으며 모든 세계기록을 소유한 남자가 바로 나다.

내가 마지막으로 신기록을 수립했던 게 뭐였더라? 아, 그래.

체스복싱.

4분마다 복싱과 체스를 번갈아가며 해서 복싱에서 녹다운 당하거나 체스에서 체크메이트를 당하면 지는 경기다. 여기서 난 복싱이 아닌 체스로 기록을 세웠다.

1라운드 체스 10연속 승리와 최단시간 체스 승리.

복싱으로 겨루면 내가 이기는 것은 당연하다. 그래서 체스로라도 날 이기기 위해 국제 체스챔피언까지 나에게 도전했다.

덕분에 체스로 기록을 세우고 말았다.

뭐, 어쨌든…….

그 후로 난 은퇴했다.

여유로운 삶을 시작하자 예전의 기억이 떠올랐다. 특히 천종설의 말이 나에게 많은 생각을 하게 만들었다.

천종설이 말했던 무공의 위험성, 난 충분히 이해할 수 있었다.

내가 회귀 전에 일으킨 사고가 그만큼 컸고, 이번 삶에도 많은 사람이 내 손에 죽음을 맞이했으니까.

그렇다고 해서 모든 무인을 죽여야 하느냐, 라고 묻는다면 난 아니라고 답하겠다.

문제는 자정작용이다.

무공의 힘을 남용하는 것을 막을 수 있는 존재가 있다면, 딱히 근근이 맥을 이어오는 무인들을 죽일 필요는 없다. 그들도 개인의 삶과 후손을 위해 사는 사람일 뿐이니까.

예전에는 그런 걸 이해하지 못했었다. 유명한 문파들이 후손에 집착하고 후학을 양성하며 무공의 절맥을 두려워하는 이유를.

하지만 이제는 알 것 같았다.

"야! 강소윤!"

"베에~"

혀를 내밀고 도망가는 소녀와 뒤를 쫓는 소년.

생기 넘치는 두 아이가 바로 내 아들과 딸이다. 나와 하윤이를 닮아서 매우 잘생기고 예쁘다. 이건 내 개인적 의견이 아니라 자타가 공인한 거다.

"안 서?"

어이쿠, 아들 소천이가 천마탄지공을 날렸다.

소윤이 저 녀석, 그걸 천마잠행보로 피하다니. 꽤 익숙해졌는데?

"이익! 너어!"

어라? 내가 천마비행술을 알려줬던가?

…뭐, 알게 뭔가. 내 아이들인데.

어쨌거나 그렇다. 소천이와 소윤이는 나에게 있어 세상에서 가장 소중한 존재들이다.

이 아이들이 무탈하게 행복한 삶을 살았으면 하는 것이 내 바람이다.

그리고 그렇게 사는데 무공만큼 훌륭한 수단은 없다.

물론 책임은 존재한다.

힘을 가진 자는 그 힘을 올바르게 사용해야 하고, 거기에 따른 결과를 책임져야 한다.

"소천! 소윤!"

"악! 엄마다!"

허공을 격하고 날아가 단숨에 두 아이를 잡아채는 여인, 바로 내 와이프다.

"엄마가 함부로 무공 쓰지 말랬지?"

"히잉, 소윤이가 먼저 시작했단 말이에요."

"흥, 오빠가 먼저 내 사탕 먹었잖아."

"그게 네 건지 어떻게 알아?"

"억울하면 비무를 하던가."

소윤이는 엄마를 닮아서인지 한 성깔 한다. 반면 소천이는 조금 소극적인 면이 있었다.

"이 녀석들이 그래도. 자꾸 이럴래? 엄마랑 오랜만에 비무 할까?"

그래. 말로 하는 건 우리 집안의 가풍이 아니다. 일이 생기면 비무를 해야지.

참으로 흐뭇한 광경… 응? 이 기운은?

"얘들아. 이모 온다."

내 말이 끝나기 무섭게 옷자락 날리는 소리가 들린다. 화려

하게 공중곡예를 하며 내려서는 사람은 서경이였다.

"이모!"

녀석들, 그렇게 좋을까.

하긴. 서경이가 아이들한테 지극정성이긴 했다.

달려드는 아이들을 따뜻하게 안아준 그녀가 내게 다가왔
다. 아무래도 오늘은 일이 있는 모양이었다.

"산아."

"응?"

"황보세가의 후예를 찾았어."

"그래?"

난 자리에서 벌떡 일어났다.

"그럼 만나러 가야지."

"그리고 남궁세가 말인데. 중국 본토에도 세가를 차리고
싶다고 그러네."

"벌써? 생각보다 잘하나 보네."

요즘 내가 하는 일은 이거였다. 숨이 있는 무인들을 찾아서
세상 밖으로 끄집어내는 일이다.

그리고 세계 곳곳에서 사람들에게 무공을 전수하게 하고
있었다. 물론 공짜로 가르치라 한 것은 아니었다. 모두 적정
한 수준의 교육료를 받게 하였다.

그래, 그거다.

일부가 가져 위험성이 있다면, 다수가 갖게 하면 된다. 그럼 누구도 함부로 힘을 휘두르지 못할 일이었고 스스로 자정 작용을 하게 된다.

그리고 정말 막지 못할 사악한 마두… 라고 하려니 내 출신이 조금 찔리긴 하지만, 어쨌든 그런 자가 나타나면 내가 해결하면 된다.

내가 없으면 내 아이들이 그 일을 할 것이었다.

천하제일 강씨세가.

그게 우리 가문의 책임이자 의무였으니까.

"일단 가자."

내가 외출 준비를 하자, 소천이와 소윤이가 쪼르르 달려와 안긴다. 예쁜 녀석들. 이 맛에 내가 열심히 살지.

"올 때 선물!"

"저도요."

"알았다, 논석들아."

난 두 아이의 머리를 쓰다듬어 주고 출발했다.

황보세가의 무공도 뛰어나다. 그 정도면 회비 수익이 많이 늘어날 것이다.

공짜로 세워주는 거 아니냐고?

세상에 공짜가 어디 있나?

그리고 가장은 처자식을 먹여 살릴 의무가 있는 거다.

열심히 일해서 열심히 돈을 벌어 가족의 행복과 안녕을 지키는 것이 가장의 책임이요, 의무다.

그게 행복한 삶이라고, 좀 믿자.

『완벽한 인생』 완결

후기

안녕하세요, 방태산입니다.

여러 가지 일이 겹치며 참으로 어렵게 글을 썼습니다. 어쩌다 보니 처음의 구상과 많이 다른 글이 되어버려 할 말이 없습니다만, 그래도 열심히 머리를 쥐어뜯으며 완결을 하게 되었습니다.

연재 주기도 지키지 못하고 여러모로 실망을 드려 이번 기회를 통해 죄송하다는 말씀을 드리고 싶습니다.

이 자리를 빌려 진심으로 사과드립니다.

다음에는 더욱 좋은 작품으로 지금의 실수를 만회할 수 있도록 공부하고 노력하여 찾아뵙겠습니다.

건강하시고 가내 두루 평안하시길 기원합니다.

방태산 배상.

즐거운
인생

미더라 장편 소설

FUSION FANTASTIC STORY

A Bittersweet Life

**삶의 의욕을 모두 잃은 주혁.
어느 날 녹이 슨 금속 상자를 얻는데……**

"분명 어제도 3월 6일이었는데?"

동전을 넣고 당기면 나온 숫자만큼 하루가 반복된다!

포기했던 배우의 꿈을 향해 다시금 시작된 발돋움.
눈앞에 펼쳐진 새로운 미래.

과연 그는 목표를 이루고
인생을 바꿀 수 있을 것인가!

Book Publishing CHUNGEORAM

유행이 아닌 자유추구 -
WWW.chungeoram.com

우각 新무협 판타지 소설

북검전기

2014년의 대미를 장식할,
작가 우각의 신작!

『십전제』, 『환영무인』, 『파멸왕』…
그리고,

『북검전기』

무협, 그 극한의 재미를 돌파했다.

북천문의 마지막 후예, 진무원.
무너진 하늘 아래 홀로 서고, 거친 바람 아래 몸을 숨였다.

살기 위해! 철저히 자신을 숨기고
약하기에! 잃을 수밖에 없었다.

심장이 두근거리는 강렬한 무(武)!
그 걷잡을 수 없는 마력이,
북검의 손 아래 펼쳐진다!

Book Publishing CHUNGEORAM

유행이 아닌 자유추구 -
WWW.chungeoram.com